「飛んでる……！」
フローラ
役立たずと言われたので、わたしの家は独立します！ 6
～伝説の竜を目覚めさせたら、なぜか最強の国になっていました～

リベル

マリア
ライアス
マリアとライアスが
急接近……？

「汝の悲しむ顔など、見たくはないからな」

遠野九重
ill. 阿倍野ちゃこ
～伝説の竜を目覚めさせたら、なぜか最強の国になっていました～
役立たずと言われたので、わたしの家は独立します！
6

口絵・本文イラスト
阿倍野ちゃこ

装丁
おおの蛍（ムシカゴグラフィクス）

Contents

プロローグ　急展開です！

こんにちは、フローラです。

突然の話で恐縮ですが、私、神様になります。

ああ、ちょっと待ってください。

頭がおかしくなったわけじゃないですよ。

ここまでの経緯をちょっと振り返ってみましょうか。

私はリベルやノア、ライアス兄様、テラリス様、そして精霊たちと一緒にイブキ盆地でバーベキューを楽しんでいました。

途中、シークアミルの不思議な力によって異空間に連れ去られてしまったものの、私はテラリス様と力を合わせることでピンチを逃れ、逆にシークアミルを捕まえることに成功しています。

皆のところに戻ってからはシークアミルを尋問することで色々な情報を得られたわけですが、その後、リベルと二人で川の流れを眺めていると、テラリス様がやってきて私に告げました。

「さっきネコ精霊たちが教えてくれたんだけど、大陸のあちこちで、一気に土地が枯れ始めたみたい。できるだけ食い止めたいんだけど、フローラちゃん、ちょっと手伝ってもらえないかな」

その話を聞いた時、私の頭をよぎったのはシークアミルの言葉でした。

──そう遠くないうちにこの大陸は過去最悪の飢饉《ききん》と天災に見舞われる。ナイスナー王国に各地から難民が押し寄せてくるかもしれないね。心構えだけはしておくことだ。


もしや、飢饉と天災がこれから始まるのでしょうか。

そう遠くないうちに、なんて話でしたけれど、随分と早いですね。

ともあれ──

放置すればナイスナー王国にも被害が出るわけですから、対応が必要でしょう。

私はテラリス様に向かって頷《うなず》き、自分にできることがあれば何でも言ってほしい、と伝えます。

すると、こんな答えが返ってきました。

「ありがと。それじゃあ、しばらくのあいだ神様になってもらっていいかな」

「分かりました。……って、ええっ⁉」

神様って、そんな簡単になれるものでしょうか。

戸惑う私に対し、テラリス様は「いけるいける」などと気軽な調子で答え、さらに説明を続けます。

「フローラちゃんは高位神族の血を引いてるし、精霊たちからも慕われてるからねー。儀式さえ済ませれば、期間限定で神様になれるはずだよ」

「待て、テラリス」

私と一緒に話を聞いていたリベルが、眉を顰《ひそ》めて疑問の声を上げました。

「なぜフローラがやらねばならんのだ。神族の力が必要というなら、汝《なんじ》がやればよかろう」

「わたしもそうしたいところなんだけど、昨日の戦いで神力をかなり消耗しちゃったんだよね。枯れた土地を元に戻すどころか、食い止めるのも無理かな。これがひとつめの理由だよ」

テラリス様はそう答えると、視線を私に向けます。

「ふたつめの理由は、フローラちゃんの可能性に期待している、ってところかな。敵の黒幕は陰湿で性悪で、やたらめったら策を巡らせているみたいだけど、フローラちゃんだったら全部まとめて踏みつぶして、相手の思惑をビューンと飛び越えてくれるかも……なんて思ってるんだよねー」

「ちょっと待ってください。私、過大評価されてませんか」

「いや、妥当な評価であろう」

リベルがフッと笑みを浮かべて頷きます。

「汝はこれまで何度も敵の思惑を上回る結果を残してきた。前回も、シークアミルの手を逃れるどころかヤツを捕虜にしてみせたのだからな」

「偽者でしたけどね」

厳密に言えば、記憶も人格も本物と同じ複製品でしたっけ。

ご先祖さまの手記に書いてあった『くろーん』という言葉がちょうど当てはまりそうな感じですね。

おっと。

話が逸《そ》れてしまいました。

本題に戻りましょうか。

「テラリス様の話は分かりました。期待に沿えるかどうかは分かりませんが、神様、なってみようと思います」

「うんうん、いい返事だねー。じゃあ、準備を始めよっか。フローラちゃん、ネコ精霊のみんなを呼んでくれる？」

「はい。――ネコ精霊の皆さん、ちょっと来てください！」

私は声を張り上げます。

直後、周囲でポン！　ポン！　ポンポンポンポン！　と次々に白い煙が弾けました。

「おしごとのよかん！」

「はたらくよー。フローラさまのために、すごくはたらくよー」

「ばーべきゅーで、おなかいっぱい！　げんきいっぱい！」

昨日はバーベキューだったわけですが、その影響（？）でネコ精霊たちの身体はいつもよりふっくらしています。

おなかがぽっこりして、全体的にまるみを帯びていますね。

「はーい、ちゅうもーく！」

集まったネコ精霊たちに向かって、テラリス様が右手を掲げながら大声で呼びかけます。

「実は、これがそれであれで、あれがそれでこれなんだよねー」

「なるほどー！」

「そういうことだねー！」

「かんぜんにりかいしたよ！」

ええっ。

「今の説明で分かるんですか」

「精霊たちはテラリスによって生み出された存在だからな。言葉が足りずとも、意思は十分に通じる。何も問題はない」

私の疑問に対して、リベルは力強く言い切りました。

本当でしょうか。

私は首を傾《かし》げつつ、ネコ精霊たちの言葉に耳を傾けます。

「つまり、いまからおやつのどーなつをつくればいいんだね！」

「ちがうよー。おひるねのじかんだよー。まだあさだけどー」

「たいへんだー。フローラさまがかぜをひいちゃったー！」

いいえ、風邪じゃないですよ。

健康そのものです。

というか、意思、まったく通じてませんよね。

「あちゃー。やっぱりダメだったかー」

テラリス様は苦笑しながら肩を竦《すく》めました。

「神力が落ちてると不便だねー。じゃあ、ちゃんと説明するよー」

――フローラちゃんを神様にするために、ネコ精霊のみんなには神殿を作ってほしい。

テラリス様の話をまとめると、大枠としてはそんな内容でした。

「フローラさまのしんでん！」

「このおしごとは、おおしごとのよかん！」

「がんばるぞー！　えい、えい、にゃー！」

ネコ精霊たちはやる気満々らしく、頭にねじり鉢巻きをギュッと結ぶと、すぐに作業に取り掛かりました。

スコップを手にして地面を掘り起こす子もいれば、精霊倉庫から大きな岩を取り出す子、その岩をゴリゴリと削って形を整える子もいます。

いったいどんな神殿が出来るのでしょうか。

気になってテラリス様に訊《たず》ねてみると、

「ふふーん。それは完成してのお楽しみだよー」

なんて答えが返ってきました。

「フローラちゃんのために立派な神殿を作るように指示しておいたから、そこは心配しなくていいよー」

「私に黙って、予想外のものまで作っちゃったりしませんよね。街とか、城とか」

「さすがに今回は事が事だし、サプライズを仕込む余裕はないかなー。フローラちゃんの意思を無視して何かを始めるつもりはないし、どーんと任せておいてー」

テラリス様はまっすぐに私を見つめながら、右手でドンと自分の胸を叩《たた》きました。

第一章　私、神様になりますよ！

神殿が完成するまで多少の時間がかかるそうなので、私たちはひとまずテントのある丘に戻りました。

念のために補足しておくと、現在、私たちはイブキ盆地にキャンプに来ています。

見晴らしのいい丘の上にはとんがり屋根の大きなテントが二つあって、その近くでライアス兄様とノアが私たちの帰りを待っていました。

「フローラ、お疲れさん。シークアミルの尋問はどうだった？　……というか、ネコ精霊たちは何をしてるんだ？」

「何か建てているみたいですけど、僕、お手伝いしたほうがいいですか」

まずは情報を共有したほうがよさそうですね。

「これがあれでそれで、それがあれでこれなんですよ」

「……すまん、フローラ。どうやら俺は兄貴として修練が足りていないらしい。さっぱり分からねえ」

「ごめんなさい。僕も分かりませんでした」

まあ、当然といえば当然ですよね。

尋問の結果についてはリベル、ネコ精霊たちが何を建てているかはテラリス様に説明をお願いしましょうか。

ではでは、よろしくお願いします。


よく考えてみると私、精霊王と神様に説明役を押しつけちゃったわけですよね。

今更ですが、なかなか不遜というか偉そうなことをやってしまったような……。

「気にすることはない。汝のやらかしは今に始まったことではないからな」

ライアス兄様とノアへの説明を終えた後、リベルは愉快そうな笑みを浮かべながら私に告げます。

「そもそも、我は汝の守護者なのだ。汝の頼みならば、どのようなことであろうと引き受けよう。今までもそうであったし、これからも同じだ。遠慮せずに寄りかかるがいい」

「リベルちゃん、イケメンだねー」

テラリス様はからかうような口調で言うと、左肘でつんつんとリベルの脇腹をつつきます。

「いい子に育ってお母さんは嬉《うれ》しいぞー。このこのー」

「テラリス、何をする。馬鹿なことはやめるがいい」

「いいじゃない。減るものじゃないんだしさー」

テラリス様はクスクスと笑いつつ、さらにリベルの脇腹をつつきました。

それは微笑《ほほえ》ましい親子の光景なのでしょう。

けれど――

私の中には、羨ましさと寂しさが混ざったような感情が生まれていました。

この気持ちはいったい何でしょうか。

内心で戸惑っていると、ふと、テラリス様と眼が合いました。

「フローラちゃんも一緒にどう？　神様公認のつんつん大会だよー」

「何を言っておる。フローラがそのような戯れに興じるわけがなかろう」

「やります！」

「なんだと」

リベルが驚愕《きょうがく》の表情を浮かべます。

私はちょっと愉快な心地になりながら、右肘でリベルの脇腹をつんつんします。

「えい、えい」

「や、やめんか。くっ、くすぐったいぞ！　クハハハハハハハッ！」

肘の当たり所がいいのか悪いのか、リベルは大笑いしています。

これ、なかなか面白いですね。

もうちょっと続けましょうか。

いひひ。

「フローラのやつ、あんな顔もできるんだな」

「リベル兄さんも楽しそうです」

「うんうん、いい感じになったねー。フローラちゃんもリベルちゃんもお利口すぎるから、周囲が背中を押してあげないとねー」

おや。

テラリス様はいつのまにやらリベルへのつんつんをやめ、ライアス兄様やノアのところに移動していました。

「ところでテラリスさん、ちょっと教えてくれ」

「いいよー。どうしたのかな、ライアスちゃん」

「神様になるのって、俺じゃ無理なのか？　高位神族の血を引いてるって意味じゃ、俺だってフローラと同じだよな」

んん？

なんだか重要そうな話が聞こえてきましたよ。

私はリベルを肘でつつくのを中断して、二人の話に耳を傾けます。

「ライアスちゃんは、神様になりたいの？」

「神様になりたいというよりは、フローラにばっかり負担を押し付けるのはどうなんだ、って話だよ。クロフォードの婚約破棄から今日まで色々あったが、どれもこれも俺は遠巻きに眺めてばっかりだった。……兄貴だってのに、フローラの力になってやれたことなんて一度もねぇ」

ライアス兄様は、いつになく重い表情で呟《つぶや》きます。

「けど、神様とやらになればフローラの手助けができるんじゃないか。苦労を減らしてやれるんじゃないか。そんなふうに思うんだよ」

「ライアスちゃんは、フローラちゃんのことが本当に大事なんだね」

「当然だろ。たった一人の妹なんだから」

ライアス兄様はフッと口元を緩めると、視線をこちらに投げかけてきます。

「フローラ、今の話、聞こえてたよな」

何のことですか……なんて恍《とぼ》ける場面じゃないですよね。

私はコクリと頷《うなず》きます。

「ライアス兄様の考えはよく分かりました。私のこと、気遣ってくれてありがとうございます」

「礼はいいさ。つーか、いきなり重たいことを言い出して悪かったな」

申し訳なさそうな表情を浮かべながら、ライアス兄様は右手で自分の髪をかきあげます。

「こういう話って、本当ならフローラのいない場所でするべきなんだろうな。それは分かってる。けど、ここで『すごい』だの『頑張れよ』みたいな他人事のセリフを吐いていたら、俺はもうおまえの兄貴じゃなくて、ただの取り巻きに成り下がっちまうような気がしたんだよ」

「なるほど。汝《なんじ》はフローラのために何かしてやりたいのだな」

深く頷きながら、リベルが口を開きます。

「他者を思いやり、手を差し伸べようとする。ライアス、汝もまたハルトの子孫なのだな。あやつの心意気は、汝にも受け継がれているようだ」

「褒めてもらってる、ってことでいいんだよな」

「その通りだ。テラリスよ。現実的な問題として、ライアスも儀式を経れば神族となれるのか」

「難しい、かな」

首を横に振りながら、テラリス様が告げます。

「フローラちゃんはこれまでに何度か高位神族の血を活性化させているから、ちょっとした儀式を行うだけで十分なの。けど、ライアスちゃんはそうじゃないから――」

「神様になるのは無理、ってことか」

ライアス兄様はそう言って空を仰ぐと、小さくため息をつきました。

きっと、自分なりに心の整理をつけているのでしょう。

「ライアスおにいさんの気持ち、僕も分かります」

ノアがそう言って、ライアス兄様の右袖を遠慮がちに引きます。

「僕も、フローラおねえさんやリベルおにいさんの力になりたいけど、何もできなくて、いつももどかしく感じています。今回だって、そうですよね。手助けする方法が、あればいいのに」

二人がそう思ってくれるだけで十分ですよ……というのが私の本音ですが、たぶん、告げたところで気休めにもならないでしょう。

どう言葉をかけたものかと考え込んでいると――

「手助けする方法なら、あるよ」

テラリス様が、いつになく真面目な様子で言いました。

「神殿が完成したら儀式を始めるんだけど、ライアスちゃんとノアちゃんにも手を貸してほしいんだよね」

「フローラさま！　神殿が完成したよ！」

ミケーネさんがそう告げに来たのは、テラリス様の話が終わった直後のことでした。

ナイスタイミング。

物事がスムーズに進むと、やっぱり気分がいいですね。

「神殿はこっちだよ！　ついてきてね！」

というわけで、私たちはさっそく神殿に向かうことになりました。

丘を下り、そのまま西へ歩いていきます。

ほどなくして、巨大な石造りの建築物が見えてきました。

外見としては、三角形を四つ、斜めに組み合わせたような形……いわゆる四角錐に近いものです。

ご先祖さまの手記に書いてあった『ぴらみっど』という建築物にそっくりですね。

唯一の違いとしては、頂上にネコの耳のような構造物がついていることでしょうか。

なかなか可愛《かわい》らしいですね。

『耳』を含めての高さはかなりのもので、五階建ての城や砦《とりで》と同じくらいとなっています。

頂上近くには扉があり、そこに繋《つな》がるように階段も用意されています。

神殿の周囲ではネコ精霊たちがゴロゴロしていましたが、私たちの姿を見つけるなり、ワッとこちらに集まってきます。

「フローラさま！　しんでん、できたよ！」

「かぎられたじかんのなかで、さいだいげんのくおりてぃーをめざしました！」

「しんぷるながらもひにちじょうかんをただよわせた、じしんさくです！」

確かに、普段の生活では四角錐の建物なんて目にしませんものね。

パッと見ただけで「ここは特別な場所なのだろう」と分かるデザインであることは間違いないでしょう。

「おおー！　いい感じだねー！」

テラリス様はにこやかな笑みを浮かべると、軽い足取りで神殿の近くに向かいます。

そのまま右手を伸ばし、壁面に触れました。

「石造りだけど、表面はスベスベだねー。匠《たくみ》の仕事だ！　フローラちゃんも触ってみなよ！」

「いいんですか？」

「もっちろん！　だって、フローラちゃんの神殿だからね！　煮るなり焼くなり、好きにしていいんだよー」

煮るのも焼くのも、ちょっと遠慮したいですね。

なにせ石ですし。

あ、石焼きイモは好きですよ。

寒い日にホクホクのイモをかじると幸せになりますよね。

食べ物談義はさておき、私は神殿の近くまで歩み寄って、壁面に手を触れます。

おお……。

確かにスベスベですね。

ほのかにひんやりしていて、心地のいい手触りです。

素材は何を使っているのでしょう。

ミケーネさんに訊《たず》ねてみると、石灰石をベースにしてネコ錬金術《にゃんきんじゅつ》で生み出した「ネコンクリート」という物質だそうです。

一万年はお手入れ不要でピカピカ、百万人が乗っても大丈夫だとか。

……なんだかよく分かりませんが、すごい物質のようです。

「ネコンクリートを作るには、かなりの魔力が必要なんだよねー」

いつのまにか隣に来ていたテラリス様が私に告げました。

「しかも、ネコンクリートを積み上げるだけじゃなくて表面をキレイに加工しているわけだし、かなりの手間が掛かってるんじゃないかなー。さすがフローラちゃん、愛されてるねー」

「こころをこめて、つくりました！」

「ひょうめんは、すべりだいとしてもつかえるよ！」

「ぎしきがおわったら、あそんでみてね！」

うーん。

滑り台として使うには、ちょっと角度が急すぎますね。

そのまま地面に突っ込んでしまいそうです。

ともあれ、ネコ精霊たちが頑張ってくれたのはよく分かりました。

本当なら一匹ずつ労《ねぎら》ってあげたいところですが、それはひとまず後回しです。

私には、いえ、私たちにはやるべきことが残っていますからね。

「テラリス様。神殿も完成したわけですし、儀式を始めませんか」

「そうだねー。フローラちゃん、心の準備は大丈夫かな?」

「もちろんです。ドンと来てください」

「おっ、いい返事だ！　それじゃあ、ネコ精霊のみんな、よろしくねー！」

「「はーい！」」

テラリス様の呼びかけに対して、ネコ精霊たちが一斉に声を上げます。


――かくして、神様になるための儀式が始まりました。


「フローラさまのために、おどるよー。くるくるくるー」

「ねこのまいを、ほうのうするよー」

「えんやこらさー。どっこいさー」

儀式の幕開けは、踊りの奉納でした。

ネコ精霊たちは神殿をぐるりと囲むように輪になり、ニホンゴで言うところの『ボンオドリ』のようなダンスを披露しています。

「こんな感じでいいのか……?」

「まずは右手を上げて、次は左手ですよね」

踊っているのはネコ精霊だけではありません。

ライアス兄様とノアも、神殿を囲む輪に交ざっています。

先程、テラリス様は二人に手を貸してほしいと言っていましたが、具体的に言うと、この踊りに参加してほしい、というものでした。

私との縁が深い人が多ければ多いほど、儀式の効果が高くなるのだとか。

「ライアスもノアも、まだまだ動きが固いな。照れが残っておるのか」

「それはそれで可愛らしいからアリじゃないかなー。大事なのは、フローラちゃんのために踊ることだからねー」

リベル、テラリス様、そして私の三人は踊りには加わっていません。

神殿の頂上に向かって、一歩一歩、踏みしめるようにして階段を上っています。

今はちょうど、全体の二割を上り終えたところですね。

高さとしては二階建ての建物の屋根くらいでしょうか。

うっかり階段を転げ落ちたら、大怪我《おおけが》を負ってしまいそうです。

「安心せよ。その時はすぐに我が助けよう」

左横で、リベルが私に告げました。

……って、ちょっと待ってください。

「私、また考えが口に出てましたか」

「自覚がなかったのか」

「不覚です。油断してました」

「ククッ。汝らしくて良いではないか」

リベルは苦笑しつつ、ポンポン、と私の頭を撫《な》でてきます。

「もしかして私、バカにされてますか」

「逆だ。むしろ褒めておる。一時的なこととはいえ、汝はこれから神族となるのだ。普通なら緊張のあまり顔を青くするところであろう。しかし、汝はまったく動揺しておらん。素晴らしいことだ」

「確かにねー」

私たちを先導するように階段を上っていたテラリス様が、チラリとこちらを向きました。

口元には愉快げな笑みが浮かんでいます。

「シークアミルと戦った時もそうだったけど、フローラちゃんって図太いというか、度胸があるよねー。こういう時もリラックスしていられるのって、すごいことだよー」

「もう少し緊張した方がいいですか」

「ううん、今のままでいいよ。ガチガチに肩肘を張ってたら、儀式が失敗しちゃうかもしれないからねー。理想としては、ネコ精霊みたいに気分をフワフワさせておく感じかなー」

ふむふむ。

ちょっとやってみましょうか。

「私はフローラだぞー。すごい神様になるぞー。がおー」

「おっ、ネコ精霊っぽいねー。リベルちゃんはどう思う？」

「ぬ……」

リベルはこちらに視線を向けたまま黙り込んでしまいます。

その胸の中では、いったい何を考えているのでしょう。

うう。

ネコ精霊のマネなんて、やっぱり私には似合いませんよね。

やめておくべきだったかもしれません。

「……よい」

ん？

何か聞こえたような。

「心を打たれた、と言えばいいか。いつになく可愛らしかった。……もう一度、やってみるつもりはないか」

えっと。

これって、褒めてもらってるんですよね。

というか大絶賛ですよね。

嬉《うれ》しいことは嬉しいのですが、なんだか恥ずかしくなってきましたよ。

耳どころか頬《ほお》までかぁっと熱くなってきます。

私はどうしてこんなに照れているのでしょう。

もしかすると、リベルの口調から普段のような尊大さが抜け落ちていたからかもしれません。

素直な感想だからこそ、こちらもドキッとさせられた……みたいな。

そんなことを考えてばかりで、階段から意識が逸《そ》れてしまったのは失敗でした。


「あっ」

気付いた時には手遅れでした。

私はうっかり階段を踏み外しており、そのまま身体がグラリと後ろに傾いてしまいます。

そのまま背中から転がり落ちそうになったところで——

「まったく、何をやっておる」

リベルが右手を伸ばし、バランスを崩した私の身体を受け止めていました。

「す、すみません」

「気にすることはない、我は汝《なんじ》の守護者なのだからな」

リベルはフッと笑みを浮かべたあと、さらに言葉を続けます。

「頂上はまだ遠いな。仕方ない、我が運んでやるとしよう」

えっ？

いきなりの言葉に私が戸惑っていると、リベルは右手ひとつで私の身体をグイッと持ち上げます。

さらに左腕を私の膝裏に添え、横抱きの体勢を取りました。

「ちょ、ちょっと待ってください！　自分で歩けます！」

「汝は儀式の中心なのだ。こんなところで怪我《けが》をしては台無しであろう」

「それはそうですけど……」

「テラリス。我がフローラを頂上まで運ぼう。問題はあるまいな」

「オッケーだよー。むしろ、儀式のためにはそっちのほうがいいかもね。大事なのは、皆がフローラちゃんのために何かをすることだし」

「ならばよい。このまま行くとしよう」

リベルは頷くと、私を抱えたまま階段を上り始めます。

困りました。

先程、ドキッとさせられたばかりということもあってか、どうにも気分がソワソワします。

心臓の鼓動はやけに速く、耳や頬の熱はまだまだ冷めそうにありません。

とはいえ、降ろしてもらうために暴れたら、それこそ二人揃《そろ》って階段から転がり落ちる可能性もあります。

おとなしく現状を受け入れるべき……というのは分かるのですが、やっぱり恥ずかしいものは恥ずかしいわけで。

私は真っ赤になった耳と頬を隠すように顔を伏せると、ぎゅっと目を閉じました。


……ぐう。

はっ！

私としたことが、うっかり眠っていたようです。

「起きたか」

リベルは私を抱えたまま、ククッ、と愉快そうに笑みを浮かべます。

「あいかわらず汝は面白いな。羞恥のあまり無言になったかと思えば、いつのまにやら眠っておった。我の腕はそんなに心地よかったか」

「ええと……」

このままだと、さっきと同じようにひたすら照れるだけの状況になってしまいそうです。

でも、私だってナイスナー家の人間ですからね。

負けっぱなしではいられません。

ご先祖さまだって手記に「やられたら百億万倍返しだ」と書いていました。

百億万という言い方は数字の桁としておかしい気もしますが、それはさておき、反撃してみましょうか。

「なかなか心地いい揺れでしたよ。おかげでよく眠れました。リベルをゆりかご係に任命したいくらいです」

「ほほう」

私の言葉に、リベルはニヤリと口の端を吊《つ》り上げました。

「ならば、今後、汝が眠る時は抱き上げに向かうとしよう」

あれ？

反撃するつもりが、おかしな展開になってきましたよ。

私は、いえいえ結構です、と答えたかったのですが、それよりも先にテラリス様が口を開きました。

「到着したよー」

おっと。

前方に視線を向けると、そこには石造りの、両開きの扉がありました。

扉の表面には月と星を象《かたど》ったような紋章が刻まれています。

んん？

「この紋章、私の髪飾りに似てますね」

「大正解！　フローラちゃんに縁のある模様ってことで、ミケーネちゃんが彫ってくれたんだよー。上手だよね」

テラリス様はニコニコしながら答えると、両手を扉に添えました。

「それじゃあ中に入ろっか。よいしょ、っと」

ゴゴゴゴゴ……。

重そうな音を立てて、扉がゆっくりと押し開かれていきます。

内部は四角い小部屋となっており、足元には赤色の絨毯《じゅうたん》が敷かれていました。

中央には金細工の装飾が施された大きめの玉座が置かれています。

「リベルちゃん。玉座のところにフローラちゃんを降ろしてもらっていい？」

「よかろう。なかなかに立派な玉座ではないか」

「でしょー。この金細工、タヌキちゃんが作ったんだって」

そういえばタヌキさんって、のんびりした外見とは裏腹に、細かい作業が得意でしたよね。

金細工は月桂樹《げっけいじゅ》の枝葉を象ったような形状で、上品な雰囲気を漂わせています。

私としては好みですね。

ナイスです、タヌキさん。

もしも同じデザインでミニサイズのアクセサリがあるなら、パーティなどに身に着けていきたいところです。

……などと考えているうちに、リベルが私を玉座の上に降ろします。

背もたれと座面にはフカフカのクッションが取り付けられており、座り心地は良好です。

玉座の両側には肘置きがあって、私の身体にぴったりフィットするような位置になっていました。

「座り心地、すごくいいですね」

「それはそうだよー。なにせ、フローラちゃんのためだけに作られた玉座だからねー」

テラリス様は私の言葉に頷くと、さらに話を続けます。

「さて、本格的に儀式を始めよっか。リベルちゃん、天照《てんしょう》の冠をフローラちゃんに被《かぶ》せてあげて。それが終わったら、王権の貸与もよろしくねー」

「よかろう。フローラ、心の準備はよいな」

「大丈夫です。いつでもどうぞ」

「あっ。わたしは外に出てるから、王権の貸与が終わったら声をかけてねー」

テラリス様は私に向かってそう告げると、こちらにクルリと背を向け、扉から外に出ていきます。

一方でリベルはというと、虚空に右手を差し伸べ、宝物庫から天照の冠を取り出していました。

宝物庫というのは、物品を保管するための異空間ですね。

内部では時間が止まっており、たとえばホカホカの料理を入れたらそのままの状態が保たれるそうです。

宝物庫から取り出された天照の冠は、神々しい黄金色の輝きを放っていました。

普段よりもピカピカしているのは気のせいでしょうか。

「やけに眩《まぶ》しいな。天照の冠も、儀式を前にして興奮しておるらしい」

「分かるんですか」

「なんとなく、だがな」

リベルはそう答えると、両手でそっと冠を私の頭に載せます。

ぶるぶる、ぶるぶる。

冠が何度か小さく揺れました。

——頑張ろうね！

そんなふうに声を掛けてくれているように感じました。

「次は王権か」

リベルは呟くと、その場に膝を突き、両手で私の左手をそっと包むように持ち上げます。

そして甲の部分に軽く口づけを落としました。

……今回は、額じゃないんですね。

そんなことを考えていると、リベルが顔を上げました。

視線を私に向けながら、ニヤリと笑みを浮かべます。

「物足りなそうだな」

っ。

なぜか、心臓がドキリと跳ねました。

「……そんなわけないでしょう」

内心の動揺を押し隠しつつ、私はリベルに答えます。

……顔、赤くなってないですよね。

私は空いている右手でそっと自分の頬に触れます。

幸い、熱は籠っていませんでした。

リベルから眼を逸らして小部屋の外に視線を向けると、ちょうどテラリス様がこちらを振り向いたところでした。

ううっ。

なんだか後ろめたい気持ちになってきました。

悪いことをしているわけではないし、むしろ儀式に必要なことなのに、どうして息が詰まりそうになっているのでしょう。

「フローラちゃん、だいじょうぶ？　なんだか顔色が悪くない？」

「なんだと。フローラ、もしや熱でもあるのか」

リベルはそう言いながら立ち上がると、身を傾け、こちらに顔を近づけてきます。

ひえええええっ。

落ち着きかけていた鼓動がまたも暴れ始めました。

「大丈夫、大丈夫です！　それよりも儀式をやっちゃいましょう！　テラリス様、お願いします！」

私は慌てて大声を上げると、両手でリベルの顔をグイグイと遠くに押しやります。

「むぐ。ひゃに《何》をふる《する》、ひゅろーら《フローラ》。……まあ、それだけ元気なら問題はあるまいな」

「あははは。確かにそうだねー。それじゃあリベルちゃん、少しだけ退《ど》いてもらっていい？」

テラリス様はそう言いながら小部屋の中に戻ってくると、リベルと入れ替わるように私の前にやってきます。

「うんうん、冠もよく似合ってる。そうやって玉座に座ってると、可愛い女王様、って感じだねー」

「確かにな。フローラ、汝がナイスナー王国を継いではどうだ」

「何を言ってるんですか。跡継ぎはライアス兄様ですよ」

私は国を治められるほどの器じゃないですからね。

ライアス兄様なら明るくて人望もありますし、お父様の後継者としてピッタリだと思います。

まあ、ナイスナー王国の将来はともかくとして、今は儀式に集中しましょう。

「テラリス様、次は何をすればいいですか」

「んー。それじゃあ、わたしと少しだけ話をしよっか」

そう言ってテラリス様はスッと表情を引き締めます。

どうやら大切な話のようです。

私は背筋を伸ばし、テラリス様の言葉に耳を傾けます。

「フローラちゃん。神力について教えたことは覚えてる？」

「自分のルールを押し付けて、物事を思い通りに動かす力……でしたっけ」

「大正解！　前にも言ったけど、フローラちゃんの中でさえ理屈が通っていたら、客観的には絶対にありえないことだって引き起こせるの。そのことを頭に置きながら聞いてね」

分かりました、と私が答えると、テラリス様はにっこりと笑みを浮かべました。

「今回、精霊たちはフローラちゃんのために大きな神殿を作ったわけだよね」

「はい。この玉座も、私の体格に合わせてデザインしてくれたものですよね」

「うんうん。しかも、今、神殿の外では精霊やライアスちゃん、ノアちゃんがフローラちゃんのことだけを考えながら踊っているの。すごいよね。フローラちゃんはこれだけのことをしてもらえる存在なんだから、神様になれて当然と思うでしょ？」

「……それはどうでしょうか」

「気持ちは分かるけど、ここで『なれて当然だー！』って思い込むことが大事なの。シークアミルと戦った時の感覚、覚えてる？　あんな感じでいいんだよー」

なかなか難しい注文ですね……。

とはいえ、文句を言っていても始まりません。

自分を信じてやってみるべきでしょう。

「フローラ、汝《なんじ》ならできるとも」

リベルはフッと笑みを浮かべながらこちらに近づくと、右手を私の肩に置きました。

「汝は今日までにいくつもの偉業を成し遂げてきた。先日など、神界の危機を救ったではないか。それに比べれば、たかが神族になる程度のこと、不可能なはずがあるまい」

「さすがにそれは自信過剰すぎるような……いえ、リベルの言う通りですね」

大切なのは、自分自身を信じて、ルールを押し付けること。

テラリス様もそう教えてくれたじゃないですか。

だったら、弱気になるのは厳禁です。

傲慢なくらいがちょうどいいのかもしれません。

えへん！

私はグッと胸を張ります。

「いいね、その感じだよ！」

テラリス様が強く頷《うなず》きながら私に告げます。

「世界はわたしのためにある、くらいに考えちゃっていいんだよ！　自己肯定感をガンガン上げて神様になろう！　えい、えい、おー！」

「えい、えい、おー！」

私とテラリス様は同時に右手を掲げ、声を合わせて叫んでいました。

なんだか気分が乗ってきましたよ。

今ならどんなことでもできそうです。

神様にだってなれちゃうかもしれません。

そんなことを考えていると、テラリス様の右手が薄赤色の光に包まれました。

「遥《はる》かに貴《たか》き者の血よ、我が光に応えて力を顕《あらわ》せ。覚醒の時、発現の時、光来の時」

その呪文は、以前、テラリス様が私の身体に流れる高位神族の血を活性化させた時に唱えたものでした。

ただ、今回はさらに続きがありました。

「この者を我の代理とし、世界の後先を委ねん。――《アサインメント》」

テラリス様は詠唱を終えると同時に、右手で私の頰《ほお》に触れます。

直後――

身体の奥で何かが震えました。

ドクン、ドクン、ドクン。

震えは段々と強くなっています。

それだけではありません。

手足が、いや、全身が熱を帯び始めました。

頭もなんだかクラクラします。

「フローラちゃんの身体に流れる高位神族の血を刺激してみたよ。前回よりもずっと強く、ね」

突然のことで戸惑う私に、テラリス様はそう告げました。

「わたしができるのはここまでかな。神様になれるかどうかはフローラちゃん次第だね。——頑張って」

分かりました。

……と答えたかったのですが、私は身体の変化についていくのが精いっぱいで、うまく声を出すことができませんでした。

「リベルちゃん。よかったらフローラちゃんの手を握ってあげて」

「もちろんだとも。フローラ、我はいつも傍《そば》におるぞ」

リベルは玉座の前で膝を突くと、両手で私の右手を包むように握ります。

身体の状態は変わりませんが、なんだか気持ちがちょっと落ち着きました。

大きく息を吸って、吐きます。

よし。

頭をリセットできました。

大事なのは、自分は神様になれると信じること。

精霊たち、ライアス兄様、ノア、テラリス様、そしてリベル。

皆が私のために頑張ってくれているんですから、儀式が失敗するはずがありません。

成功するに決まっています。

実際のところは分かりませんが、私の中ではそういうことになりました。

儀式が終わって神様の力を手に入れたら、まずは飢饉《ききん》と天災を食い止めましょう。

その後は黒幕……ファールハウトのところに乗り込んで、バシーンとイッポンゼオイで投げ飛ばしてやりたいところです。

今まで、何度も迷惑を掛けられてきましたからね。

きっちりお返しはすべきでしょう。

容赦なくボコボコにしますよ。

考えていたら、ちょっと楽しくなってきました。

気分もフワフワして、天にも昇る心地です。

あれ?

なんだか、瞼《まぶた》が重くなってきたような……。

「おめでとう、フローラちゃん。儀式はうまくいったみたい」

意識が段々と薄れていく途中で、テラリス様の声が聞こえました。

「次に眼が覚めた時には、神様になっているはずだよ。楽しみにしててね」

「フローラ、しばし休むがいい」

ぽんぽん、と。

誰かが私の頭を優しく撫でました。

きっとリベルでしょう。

その手つきに安らぎを覚えつつ、私は眠りに落ちていました。

＊　＊

「『寝る子は育つ』って言うけど、なかなかよく寝てるな」

……ん？

聞いたことのない男性の声で、私は目を覚ましました。

瞼を開けると、そこは白いモヤが漂う不思議な空間でした。

「ここは……？」

「ちょいと説明が難しいな。あえて言うなら、人界と神界のスキマにある『隠れ家』みたいなモンかな」

声とともに、モヤの向こうから男性が近づいてきます。

男性は黒髪で、顔立ちはどことなくライアス兄様に似ていました。

「どちらさまでしょうか」

「んん？　後世に肖像画が残ってないのか？」

私の問い掛けに対して、男性は戸惑ったように声を上げました。

「オレだよ、オレ。ほら、オレ。分かるだろ？」

まるでご先祖さまの手記にある『オレオレサギ』みたいなことを言ってますね。

あっ。

なんだかピンと来ましたよ。

黒髪の男性と言えば、一人だけ心当たりがあります。

現実的に考えればありえない話ですが、ここは自分の直感を信じてみましょう。

「もしかして、ご先祖さまですか」

ご先祖さまは天才的な魔術師にして錬金術師ですからね。

我が家の記録では三〇〇年前に亡くなっているはずですが、常識外れの手段で生き永らえていてもおかしくありません。

「大正解だ」

男性はニッと人懐っこそうな笑みを浮かべると、パチンと右手の指を鳴らします。

「オレはハルト・ディ・ナイスナーだ。……といっても、正確には魔法で作られたコピーだけどな。おまえさんが知っているように、ホンモノはずっと昔に死んじまってる。さて、おまえさんの名前を教えてもらっていいか」

「フローラリア・ディ・ナイスナーです。ご先祖さまが生きていた時代から三〇〇年後の子孫にあたりますね。フローラとお呼びください」

「へえ、人界じゃそんなに時間が経《た》ってたのか」

ご先祖さまは驚きの声を上げると、ヒュウ、と口笛を吹きました。

「三〇〇年後もナイスナー家が残っているのは嬉《うれ》しいかぎりだ。さて、せっかく可愛い子孫が来てくれたんだ。少しはもてなしをさせてくれ」

いえいえ、お気遣いなく。

私がそう答えるよりも先に、ご先祖さまは右手の指をまたも鳴らしました。

直後——

周囲の白いモヤが吹き飛び、そこはコタツ《炬燵》の置かれたタタミ《畳》敷きの部屋に変わっていました。

広さとしては八ジョウ《畳》ほどでしょうか。

「立ち話もなんだからな。座ってくれ」

ご先祖さまはそう言うと畳に腰を下ろし、コタツに入りました。

私もその向かい側に座ります。

コタツに足を入れてみると、中は暖かく、居心地のいい温度になっていました。

「さて、おまえさんがここにいるってことは、神様になろうとしている、ってことだよな」

「どうして分かったんですか」

「ホンモノのオレがそういう仕掛けを作ってたんだよ。自分の子孫が神族になろうとしたら、その儀式に介入して意識をここに引っ張り込む。たとえるなら、面接試験みたいなもんだよ」

「つまり、合格しないと神様になれない、ってことですか」

「だいたいそんなところだな。もしヤバい理由で神様を目指してるんだったら止めさせてもらう。周囲から強制されて儀式をやらされてるんだったら、今のうちに遠慮なく言えよ。おまえさんから自由を奪う連中を片っ端からぶっ殺してやる」

「なかなか物騒ですね」

「オレは、オレだけじゃなくて、オレの血を引く人間全員が幸せに暮らしてほしいだけだよ。そのためなら何だってやるさ」

ご先祖さまはそう言ってフッと笑みを浮かべます。

「よし、前置きはここまでだ。フローラ、おまえさんはどうして神様になろうとしている。そいつを教えてくれ」

「長話になりますけど、大丈夫ですか」

「もちろん。事情を聴くのがオレの役割だからな」

では、遠慮なく語らせてもらいましょうか。


私が事情を話し終えると、ご先祖さまは眉間にシワを寄せ、深刻そうな表情を浮かべました。

「……まさか、ここまで厄介な事態になってるとはな。こいつは予想外だ」

「どういうことですか」

「さて、どこから説明したもんかな」

ご先祖さまは少し考え込んだ後、こちらを見て問いかけてきます。

「まずはひとつ確認させてくれ。『ハルト・ディ・ナイスナーは未来視の力を持っている』――この話は後世まで伝わってるか」

「はい。それって本当のことなんですか」

「もちろん」

ご先祖さまははっきりとした口調で頷くと、強く頷きました。

「ただ、未来視の力ってのはあんまり便利なものじゃない。未来の出来事を、不定期に数分ほど見聞きできるだけだ。しかも、ちょっとしたことで未来がガラッと変わっちまうことがある」

「『バタフライエフェクト』ですね。手記に書いてありました」

「大正解、まさにそれだ」

ご先祖さまはピシッと私を指さします。

「ホンモノのオレは、自分が死んでから数百年後にデカいトラブルが起こることを知っていた。ただ、どんなトラブルが起こるかは未来視のたびに変わりまくってた。だから、何が起きてもいいように対策を世界のあちこちに仕込んでおいたんだよ。領地の西にデカい砦《とりで》を作ったり、神界に繋《つな》がるゲートを用意したりな」

「ガルド砦とクーネルの魔法陣のことですね」

「おっ、知ってたか。他にもいろいろとあるんだが、そいつを紹介するのは後回しだ。重要なのは、敵の黒幕……ファールハウトとやらは、未来視には一度も出てこなかったんだよ。シークアミルのやつが生きてるのも想定外だ」

「だから頭を抱えているんですね」

「まあな。ただ、想定外の事態が起こること自体は想定していなかったわけじゃない。……オレに可能な範囲で最大限の支援をさせてもらう。まあ、準備に時間が掛かるから気長に待っててくれ」

「ありがとうございます。ところで、面接は合格ですか」

「おっと、言い忘れてたな、もちろん合格だ。ナイスナー辺境伯領、いや、今はナイスナー王国だったか。ともあれ、オレが汗水垂らして開拓した土地を荒らされたらたまったもんじゃないからな。そうなる前にババッと解決してくれ」

「任せてください。全速力でなんとかしますよ」

「頼もしいな」

ご先祖さまはニカッと明るい笑みを浮かべます。

「ああ、そうだ。リベルとテスは元気だったか」

「リベルはピンピンしてますよ。テスというのは、どなたのことでしょう」

「おっと、悪い。テラリスのことだよ」

テラリス様の名前を縮めて、テス、といったところでしょうか。

「ご先祖様、テラリス様と親しかったんですか」

「まあ、それなりにな」

ご先祖さまの答えは、どこかはぐらかすようなトーンでした。

なんだか怪しいですね。

じーっ。

「期待に沿えなくて悪いが、オレとテスのあいだには特に何もないぞ。ガイアスとの戦いで、色々と手を貸してもらっただけだ」

本当でしょうか。

とはいえ、追及したところで答えてもらえそうにありません。

後でテラリス様にも訊《き》いてみましょうか。

私がそんなことを考えていると、ご先祖さまはコホンと咳払《せきばら》いをしました。

「ともあれ、これで面接試験も終わりだ。おまえさんの意識を人界に戻すぞ。最後に付け足しておくが、ここでの記憶は封印されて、思い出せないようになる。そこは許してくれ」

「どうしてですか」

「面接試験があるって知られたら、対策を取られちまうだろ？」

それもそうですね。

どうやって記憶を消すのかは分かりませんが、ご先祖さまのことですし、きっと便利な魔法を編み出したのでしょう。

「分かりました。ところで、私の身体ってどうなってるんですか」

「ぐっすり眠ってる。目が覚めた時には神族の力もばっちり備わってるだろうさ。——じゃあ、頑張れよ」

ご先祖さまはそう言うと、右手を掲げ、グッと親指を立てました。

私も同じポーズで応えます。

その直後——

突如として意識がフッと遠ざかりました。

＊　＊

「フローラ、大丈夫か。そろそろ起きるがよい」

ゆさゆさ、ゆさゆさ。

肩を揺さぶられて、私は目を覚ましました。

どうやら神殿の玉座に座った状態で眠っていたようです。

夢を見ていたような気がしますが、うまく思い出せません。

コタツに入っていたような、入っていなかったような……。

ぼんやりとそんなことを考えつつ、周囲を見回します。

玉座の近くにはリベルとテラリス様が立っており、心配そうにこちらを覗《のぞ》き込んでいます。

「フローラ、我のことが分かるか」

「もちろんです。儀式はどうなりましたか」

「成功したよー。ほらほら、見て見て」

テラリス様はそう言うと、サッと横に退きました。

その向こうには縦長の大きな鏡が置かれており、私の姿が映っています。

「えっ」

思わず、驚きの声が漏れました。

というのも、背中から大きな白い翼が生えていたからです。

ぱたぱた、ぱたぱた。

翼はまるで自分の存在をアピールするかのように羽搏《はばた》きを繰り返します。

そのたびに風が生まれ、私の頬《ほお》を撫でます。

身体には微《かす》かな浮遊感がありました。

その気になれば空を飛ぶことも可能かもしれません。

私は後ろを振り向きつつ、右手で翼に触れようとしました。

……あれ？

なぜか、右手は翼をすり抜けてしまいました。

それだけではありません。

本来、翼を動かしていれば玉座にバシバシと当たっているはずですが、それも通り抜けています。

いったいどうなっているのでしょう。

私が首をかしげていると、テラリス様が言いました。

「その翼は半実体なの。《ネコリモート》の立体映像と同じようなものかな？　ただ、神力を帯びているから現実に風を起こしたり、空を飛ぶことはできるよー」

「触れることはできないけど、翼としての機能はある……ってことですか」

「そういうこと。ちなみに、正しい呼び方は『神翼《しんよく》』ね。神族はみんな持ってるよー。えいっ」

掛け声とともに、テラリス様の背中からパッと白い翼が現れました。

「どうやって出し入れしているんですか」

「頭の中でスイッチを切り替える感じかな？　フローラちゃんの場合、翼の制御は天照《てんしょう》の冠が担当しているみたいだから、お願いすればいいと思うよ」

あ、そうだったんですね。

詳しく話を聞いてみると、どうやら神様の力を行使するにあたっては、天照の冠が補助装置としての役割を果たしているようです。

だから頭に被っておく必要があったのでしょう。

私は内心で納得しつつ、鏡の前で姿勢を正します。

ふむふむ。

翼、いい感じですね。

私は気に入りましたよ。

その場でくるっと一回転すると、スカートの裾だけでなく、翼もふわりと翻ります。

「リベル、どうですか。翼、似合ってますか」

……あれ？

答えは返ってきませんでした。

もしかして似合っていなかったのでしょうか。

私はびっくりしながらリベルの方に視線を向けます。

んん？

リベルはなぜかボンヤリとした様子でこちらを見ていました。

どうしたのでしょう。

「おやおやー。リベルちゃんったら、フローラちゃんに見惚《みと》れちゃってるみたいだねー」

テラリス様はニヤリと笑みを浮かべると、リベルの肩をべしべしと叩《たた》きます。

「気持ちは分かるよー。翼付きのフローラちゃん、めちゃめちゃ可愛いもんねー」

「……ぬ」

リベルは我に返ったらしく、ハッとした表情を浮かべると、私から視線を逸らしました。

どうやら照れているようです。

もしかして本当に見惚れていたのでしょうか。

それはそれで嬉《うれ》しいような、気恥ずかしいような……。

なんだか胸のあたりがくすぐったくなって、私は思わず俯《うつむ》いていました。

「んー、甘酸っぱいねー。青春だねー」

私とリベルが黙り込んでいると、テラリス様が明るい調子で言いました。

「とりあえず、外に出よっか。他の皆にも儀式が終わったことを教えてあげないとねー。というわけで、ゴーゴー」

テラリス様に促され、私は小部屋の外に出ました。

ここは神殿の頂上にあたる場所なので、地面までの高さはかなりのものです。

今から階段を下りていくわけですが、転ばないように気を付けないといけませんね。

……などと考えていたら、テラリス様がこんなことを言いました。

「フローラちゃん。せっかくだから翼で飛んでみようか」

「ええっ。ちょっと怖いような……」

「だいじょうぶ、だいじょうぶ。何事も挑戦だって！　もしダメだったとしても、わたしが助けるから、やってみようよ」

「テラリス、汝《なんじ》の出番はない。フローラには我がおるからな」

外に出たことで気分も切り替わったらしく、リベルはいつものように自信満々の様子で言いました。

「とはいえ、いきなり飛べと言われても難しいものがあるだろう。無理はせずともよいぞ」

「気遣ってくれてるんですね。ありがとうございます」

「守護者として当然のことを言ったまでだ」

「だとしても嬉しいですよ。……私、頑張ってみます」

これまで、空路で移動するときはリベルの手に乗せてもらうか、レッドブレイズ号を呼ぶかのどちらかでした。

自分の思い通りに空を飛べるというなら、試してみたい気持ちがあります。

私は右手で、頭の上に載っている天照の冠に触れます。

「冠さん。翼の制御、よろしくお願いしますね」

ぶるぶる、ぶるぶる。

冠が力強く震えます。

人間の言葉に翻訳するなら「任せとけ！」といったところでしょうか。

頼もしいですね。

私はクスッと笑いつつ、身を屈《かが》めます。

それと同時に、背中の翼が大きく、激しく羽搏きました。

浮遊感。

「フローラちゃん、今だよ！」

「はいっ！」

テラリス様の声を合図にして、私はその場からジャンプをしました。

本来なら、私の身体は重力に引かれて落ちていたことでしょう。

ですが、実際にはまったく逆のことが起こっていました。

「飛んでる……！」

私の身体はむしろ上昇し、そのまま空を進んでいきます。

速度としては早歩きと同じくらいでしょうか。

「もうちょっと速度を出せますか」

私がそう呟くと、冠がブルリと震えました。

背中の翼が力強く羽搏き、グン、とスピードが上がります。

おお……！

風が気持ちいいですね。

眼下の景色がビュンビュン流れていくのが面白いです。

竜の姿で飛んでいるときのリベルも、こんな楽しい気分なのでしょうか。

ふふ。

いつか、一緒に空を飛んでみたいですね。


その後、私は宙返りや急上昇、急降下を試してから神殿へと戻りました。

すでにリベルとテラリス様は階段を下り終え、周囲で踊っていたライアス兄様やノア、ネコ精霊たちと合流しています。

私はその近くにゆっくりと着陸しました。

「ようやく戻ってきたか。フローラ、空を飛ぶのは愉快であったか」

「はい。とっても楽しかったです」

リベルの問い掛けに、私はにっこりと笑みを浮かべて答えます。

「いいなぁ」

ノアが羨ましそうにこちらを見上げながら呟《つぶや》きました。

「僕も、翼が欲しいです。リベルにいさんやフローラおねえさんと一緒に飛べたらいいのに」

ノアは竜ですけれど、まだ幼くて竜の姿にはなれないんですよね。

「焦らなくてもだいじょうぶだよー。ノアちゃんには、ノアちゃんのペースがあるからねー」

テラリス様はそう言ってノアの頭をくしゃくしゃと撫でます。

「えへへっ。はいっ！」

ノアは嬉しそうに笑うと、元気よく声を上げました。

親子っていいですね。

テラリス様とノアを見ていると、心からそう感じます。

「フローラ、お疲れさん」

気遣うように声をかけてきたのはライアス兄様です。

「儀式、大変だったんじゃないか？」

「心配してくれてありがとうございます。思ったより楽でしたよ」

というか——

私、何もしてないような。

神殿の頂上まではリベルに運んでもらったわけですし、その後は玉座に座って眠っていただけです。

「むしろ、ライアス兄様こそお疲れ様です。どれくらいの時間、踊っていたんですか」

「だいたい十五分ってところだな。ともあれ、儀式も無事に終わってよかった。翼、似合ってるぞ」

「ありがとうございます。私も気に入っているんです」

ぴこぴこ。

チラリと背後に視線を向ければ、私の気分を反映するように翼が小さく揺れています。

まるでイヌやネコのしっぽみたいですね。

そんなことを考えていると、テラリス様がパンと両手を鳴らしました。

「さーて、雑談はここまでにしておこっか。フローラちゃんも神様になれたわけだし、神力の使い方を本格的に教えるね。時間も限られてるから、ノンストップで授業するよー。しっかりついてきてねー！」

望むところです。

頑張りますよ！


――テラリス様からのレクチャーは昼過ぎまで続きました。


「わたしに教えられるのはこれくらいかな。フローラちゃん、なかなかスジがいいね。ホントに神様になっちゃわない？」

「ありがとうございます。考えておきますね」

「遠回しに断られちゃったー。残念！」

テラリス様はクスッと笑みを浮かべると、すぐに真剣な表情を浮かべました。

「真面目な話、神力の扱い方をこの短時間で覚えられるのはすごいことだよ。神様としての才能があるんだろうね。フローラちゃんなら、今、大陸で起こっている土地の枯れだってなんとかできる。ううん、敵の思惑を超える何かを起こせるんじゃないか、って思うよ」

「さすがに過大評価ですよ。でも、テラリス様にそう言ってもらえて嬉しいです」

私はそう答えたあと、近くで見守ってくれていたリベルに告げます。

「神力の扱い方も掴《つか》めましたから、そろそろ出発します。一緒に来てもらっていいですか」

「当然であろう。何も言われずとも付いていくつもりであったぞ。なぜなら――」

「『我は汝の守護者だからだ』――ですよね？」

「む……」

「ははっ、これは一本取られちまったな。リベル」

ライアス兄様は笑い声を上げると、バシバシとリベルの肩を叩きました。

「ともあれ、フローラのことは頼むぜ。大切な妹にケガをさせたらタダじゃおかねえぞ」

「任せておけ。もし魔物どもが妨害に現れたとしても、フローラには指一本たりとも触れさせぬ」

リベルは頼もしい口調で宣言すると、右手をポンと私の頭に置きました。

「フローラに触れてよいのは我だけだ」

「ほんとかなー」

「にくきゅうでたっち！　ぷにぷに！」

「けなみでもさもさ！　あまえるよー」

おおっと。

周囲にいたネコ精霊たちが一斉に寄ってきました。

いつもならモフモフの毛並みと戯れるところですが、今はやるべきことがあります。

大陸のあちこちで土地が枯れ始めているので、それに対処せねばなりません。

具体的に何をするのか、説明は後回しにしましょうか。

見てのお楽しみ、ということにさせてください。

さあ、出発です！

＊　＊

ムガイ伯爵領。

ノーザリア大陸の東側に位置する貴族領であり、温和な気候と豊かな自然で知られている。

この土地では古くから農業が盛んに行われ、大陸東部でも有数の食料地帯となっていた。

だが――

三日前、突如として異変が起こった。

ムガイ伯爵領のあちこちで草木が枯れ、大地は荒野に変わった。

川は干上がり、あらゆる自然の恵みが失われた。

それだけではない。

大地に無数の亀裂が走り、そこから瘴気《しょうき》とともに魔物たちが現れ、人里を襲い始めたのだ。

魔物の種族としてはゴブリンやオーク、スケルトンといった低級のものばかりで、街に常駐している衛兵や冒険者だけでも対処できる程度のものだったが、とにかく数が多い。

瘴気の中から次々と新しい魔物が生み出されるため、領内の街はどこもかしこも終わりのない消耗戦に引きずり込まれていた。

そのような街のひとつ――アンティールでは、人々の心に暗い影が広がりつつあった。

「オレたちはいつまで戦えばいいんだ？」

「瘴気をなんとかしないと、どうにもならないぞ！」

「そんなこと言われたって、瘴気を浄化する方法なんてあるのか？」

「ボヤいてる場合か！　魔物が来るぞ！」

瘴気はアンティールの街を取り囲むように立ち上り、新たな魔物が現れる。

三日前から数えて二十五回目にあたる襲撃である。

これまでの戦闘によって、街を守る城壁はボロボロになっていた。

遠くないうちに城壁は崩壊し、街の中に魔物が入り込むだろう。

街の人々もそれを理解しており、怯《おび》え、震え――祈っていた。

女神様、どうかお助けください、と。

そんな時である。

「かりのじかんだー！」

「ぼくたち、もんすたーにゃんたー！」

「いまならまもの、たおしほうだい！　たべほうだい！」

人々の頭上で、まるっこい声が響いた。

ついでに「食べるんですか⁉」と驚く少女の言葉が聞こえたかと思うと、不思議なことが起こった。

空から無数のネコたちが落ちてきたのである。

「すかいだいびんぐ！」

「ぱらしゅーとのかわりに、ぱらそーる！」

「ひらいて、ふわふわ！　けなみも、ふわふわ！」

ネコたちは空中でパラソルを開くと、左右にフワフワと漂いつつ、アンティールの街へと降り立った。

街の住民たちは突然のことに戸惑い、皆、顔を見合わせている。

当然であろう。

彼らの知るネコというのは人間の言葉を話さない。

ましてやパラソルを広げて空から降りてきたりはしないのだから。

魔物の仲間ではないか、と考えて警戒する住民もいた。

しかし――

「オレは知ってるぞ！　あれはネコ精霊だ！」

住民のひとりが声を上げた。

「去年、ドラッセンに旅行した時、街のあちこちで見かけたんだ！　きっとオレたちを助けに来てくれたんだ！」

「そうよ！　わたしもドラッセンで見たわ！　街中で迷子になった時に、道案内してくれたの！」

「ワシは一緒に温泉に入ったぞ。風呂上がりに牛乳をごちそうしてもらったのう」

住民たちの中には、ドラッセンに行ったことのある者も少なからず存在した。

彼ら、彼女らがネコ精霊について語り始めたことで、他の者たちは徐々に警戒心を薄れさせていった。

「そういえばドラッセンって、『銀の聖女』様の……フローラリア様の街だよな」

「じゃあ、あのネコはフローラリア様の使いってことか」

「だったら、信用してよさそうだな！」

『銀の聖女』とはフローラの二つ名である。

かつてクロフォードの婚約者だったころ、王妃候補として彼女は回復魔法で多くの病める人々を救っていた。

フローラの名声はアンティールの街にも届いており、住民たちのネコ精霊への信用を後押しする結果となった。

そうして街の空気が和らいだものに変わっていくなか、ネコ精霊たちはパラソルを畳むと、ゾロゾロと城門の方へと向かった。

城門の近くには、衛兵や冒険者たちが数多く集まっていた。

彼らは皆、これまでの戦いで多くの傷を負っていたが、街を守ろうという心意気は衰えていなかった。

とはいえ、突如として現れたネコ精霊たちにどう接していいか分からず、誰もが困惑の表情を浮かべていた。

そんな状況の中、ネコ精霊のリーダー……ミケーネが声を張り上げた。

「衛兵さん、冒険者さん、街の防衛、お疲れさま！　ここからはボクたちネコ精霊が引き継ぐよ！　ケガは、フローラさまが治してくれるから安心してね！」

ミケーネはそう宣言すると、次にネコ精霊たちに向かって告げる。

「魔物は街の周りにいっぱいいるよ！　たくさん倒してね！　頑張った子は、フローラさまが褒めてくれるよ！」

「わーい！」

「きょうもかつやくするぞー！」

「いっぱいほめてもらおー！」

ネコ精霊たちは閉じた状態のパラソルを掲げ、意気揚々と声を発する。

「それじゃあ、突撃だよー！」

「「「おー！」」」

ミケーネの号令とともに、ネコ精霊たちは城門から駆け出していく。

閉じたパラソルを剣のように構え、アンティールの街を取り囲む魔物たちに立ち向かう。

「ひっさつ、ぱらそるぎり！」

「ぱらそるつき！」

「ぱらそるにとうりゅう！　しゃきーん！」

べしべし、げしげし。

ネコ精霊たちは魔物を取り囲み、パラソルで攻撃を繰り返す。

魔物たちも黙ってやられていたわけではないが、ネコ精霊の実力、そしてなによりも数は圧倒的であった。

ネコ精霊たちの総数は、およそ一万匹。

常識外れの大軍勢による攻勢によって、魔物はみるみるうちに数を減らしていく。

しかし――

魔物が現れる根本的な原因、すなわち瘴気はそのまま残っている。

ネコ精霊の攻勢に対抗するかのように、新たな魔物が次々と生まれていた。

アンティールの街にいる衛兵や冒険者たちもそのことに気付いており、その心には再び不安の影が差しつつあった。

「いくらネコ精霊が強くても、魔物とずっと戦っていられるのか」

「オレたちも前に出るぞ。少しでもネコ精霊の負担を減らすんだ」

「でも、瘴気をどうにかしないと魔物が生まれ続けるぞ」

何かいい方法はないものだろうか。

誰もがそう考えるも、具体的な手段は思いつかない。

とはいえネコ精霊たちが戦うのを眺めているだけ、という状況には耐えられず、衛兵や冒険者たちは武器を手に取った。

そんな彼らの耳に、凛《りん》とした少女の声が届いた。

「瘴気なら大丈夫です！　今から何とかします！　――《ハイクリアランス・オーバーレイ》！」

直後、空が眩《まばゆ》い輝きに覆われた。

清浄な光が地上に降り注ぎ、瘴気を消滅させていく。

それはさながら宗教画のような、荘厳な神聖さに満ちた光景だった。

衛兵や冒険者たちは息をすることさえ忘れ、ただ、眼前の出来事に見入っていた。

「すごい……」

「きれい……」

「奇跡だ……」

感嘆の言葉が、ぽつり、ぽつりと零《こぼ》れ落ちる。

自分たちは神話の世界にいるのではないか。

誰もがそんな錯覚を感じていた。

瘴気が完全に消滅すると、天から降り注ぐ光は少しずつ薄れていき、いつもどおりの青空が戻ってくる。

だが、衛兵や冒険者たちは先程の光景が目に焼き付いて離れず、呆然《ぼうぜん》と立ち尽くしていた。

そこに、ふわりと舞い降りる影があった。

純白の翼を持つ、銀髪の少女――。

その姿を見て、ひとりの冒険者が声を上げた。

「フローラリア様……？」

この冒険者はかつて王都に滞在しており、魔物との戦いで片足を失っていた。

しかしフローラの回復魔法によってその足を取り戻していた。

恩人の顔を忘れるはずもなく、ゆえに、空から舞い降りた少女が誰なのかすぐに分かった。

その言葉に少女……フローラは頷くと、穏やかな笑みを浮かべながら人々に告げた。

「はい、ナイスナー王国のフローラリア・ディ・ナイスナーです。はじめましての人ははじめまして。久しぶりの人はお久しぶりです。瘴気は消えたから安心してください。今から、皆さんの傷を治療しますね」

フローラは右手に一本の杖を携えていた。

杖の先端部にはバラを象《かたど》ったような水晶が取り付けられている。

名前を、聖杖ローゼクリスという。

フローラは聖杖を掲げると、高らかに声を張り上げた。

「《ハイ・ワイドリザレクション》！」

それは極級回復魔法の《ワイドリザレクション》を神力でさらに強化したものである。

回復量、効果範囲ともに大きく向上しており、温かな光がアンティールの街全体を包み込んだ。

この三日間の戦いによって生まれた傷……だけでなく、過去の古傷や持病、さらには疲労や睡眠不足といった、ありとあらゆる不調が取り除かれていく。

人々は自分の身体に起こった変化に驚き、喜びの声を上げた。

「ゴブリンに噛《か》まれた傷が消えたぞ！」

「うっ、心臓の発作が……止まった⁉」

「徹夜なのに眠くない！　むしろ頭がスッキリしておるわい！」

魔物たちは倒され、瘴気は消え、さらには回復魔法によって多大な癒《いや》しが与えられたことで、街は一気に明るい雰囲気に包まれた。

だが、すべての危機が去ったわけではない。

「ガアアアアアアアアアッ！」

東の空から、大地を揺るがすほどの雄叫《おたけ》びが轟《とどろ》いた。

いったい何が起こったのか。

突然のことに驚きつつも、人々は東の方角に視線を向ける。

「なんだ、あれは」

「竜だ……！　デカいぞ！」

「魔物の親玉か⁉」

人々が目にしたのは、巨大な黒い竜だった。

竜は全身に漆黒のオーラを纏《まと》い、禍々《まがまが》しい雰囲気を漂わせている。

まるで周囲に見せつけるように翼を大きく羽搏かせながら、山々を越え、ゆっくりとアンティールの街に迫りつつあった。

その光景は、本来なら恐怖の感情を引き起こすものだろう。

だが、街の人々のあいだに動揺が広がることはなかった。

――フローラリア様なら何とかしてくれるんじゃないか。

誰もが内心でそう期待していた。

ならば、実際はどうかといえば。

「あれだけ大きな魔物が相手だと、ネコ精霊には無理ですね。私もちょっと厳しそうです」

フローラは冷静な様子で呟《つぶや》き、視線を上空に向けた。

「リベル。お仕事を頼んでもいいですか？」

「――勿論《もちろん》だとも。任せておけ」

威厳を漂わせた男性の声が響き渡る。

「あの黒竜は、以前にクロフォードが変化《へんげ》していたものを複製したのであろう。まったく、忌々しい。一撃で葬ってくれる」

その言葉は絶対的な自信を伴っており、聞く者たちに強い安心感を与えた。

ほどなくして、東の空より真紅の竜が飛来した。

精霊王にして最強の竜、リベルである。

「グオオオオオオオオオッ！」
リベルは遥《はる》か上空から急降下すると、そのまま黒竜にぶち当たった。
黒竜は空中で弾《はじ》き飛ばされ、グルグルと錐揉《きりも》みしながら墜落する。
態勢を立て直すこともできず、山の斜面に激突した。
ドォン！
轟音《ごうおん》が響き、大地が揺れる。
黒竜は深手を負い、すぐには身動きの取れない状態に陥っていた。
一方、リベルに容赦はなかった。
「ガァアアアアアッ！」
大きく顎《あぎと》を開くと、《竜の息吹《ドラゴンブレス》》を放つ。
赤い閃光《せんこう》が黒竜を呑《の》み込み、激しい爆発を巻き起こす。
やがてすべてが過ぎ去ったあと、そこには巨大なクレーターが生まれていた。
黒竜だけでなく、周囲の山々も消滅していた。

＊　＊

あいかわらず、結構なお手前で……。

《竜の息吹《ドラゴンブレス》》によって生まれたクレーターを眺めながら、私は以前の出来事を思い出していました。

リベルと出会ったばかりのころ、領地の西からやってくる魔物の大軍勢を退治してもらった時も、似たようなことになっていましたね。

山ひとつがまるごと吹き飛び、抉《えぐ》れた地面がたまたま地下の水脈と繋《つな》がって湖が生まれたんでしたっけ。

現在、その湖はナイスナー王国の観光名所の一つとなっています。

ネコ精霊たちの作った遊覧船が定期的に出ており、観光客からの評判は上々です。

おっと。

余談が長くなってしまいました。

こんにちは、フローラです。

お久しぶり……というほど時間は経《た》っていませんよね。

儀式によって神族となった私は、ファールハウトがもたらす飢饉《ききん》と天災を解決するため、ノーザリア大陸の各地を飛び回っています。

最初に向かったのはナイスナー王国の南にあるシスティーナ伯爵領ですね。

その後は被害に遭っている地域を西から順番に巡っていき、今はムガイ伯爵領に来ています。

もうちょっと場所を詳しく述べると、伯爵領の南西部にあるアンティールという街ですね。

この街は豊かな自然に恵まれ、大陸東部でも有数の農業地帯として知られています。

ですが、現在はかなり無残な状況になっていました。

ちょっと空から眺めてみましょうか。

「冠さん、高度を上げてもらえますか」

そう声を掛けると、私の頭に載っている天照《てんしょう》の冠がブルリと頷くように震えました。

背中の翼が大きく羽搏《はばた》き、私の身体が空高く舞い上がります。

「このくらいでいいですよ」

ほどほどの高度に達したところで、ひとまずストップ。

私は周囲の景色を見渡します。

川は干上がり、大地は枯れ果て、魔物たちの襲撃によって街の城壁もボロボロです。

街の復興だけならともかく、農業を再開することは不可能でしょう。

神様としての力を使って周辺を探ってみましたが、地下の霊脈は完全に崩壊しています。

この状態では大地に恵みがもたらされることはなく、豊かな自然が戻ってくることは絶対にありません。

ですが――

今の私には、すべてを解決できる力があります。

「ローゼクリス。最後の仕上げといきましょう」

私は右手に持っていた聖杖に声を掛けます。

「準備はいいですか」

「もちろんだよ、おねえちゃん」

聖杖の先端部にある水晶がピカピカと輝きました。

「アンティールの人たち、きっとビックリするよ。楽しみだね」

「ふふっ、そうですね」

私はクスッと笑いながら右手で聖杖を高く掲げます。

大きく深呼吸をして、意識を集中させながら声を張り上げました。

「――《オール・リペアリング》！」

直後。

ローゼクリスの水晶を中心として、虹色の光が広がりました。

以前、私は《リペアリング》という古代魔法を習得しました。

それを神力によって強化したのが《オール・リペアリング》です。

光はどんどん大きくなり、アンティールの街だけでなく周辺一帯を覆っていきます。

それとともに、色々なことが起こりました。

まず、街の城壁がみるみるうちに復元されていきました。

続いて、周辺の荒野がかつての姿を取り戻していきます。

清らかな水の流れる川、緑に溢《あふ》れる森と草原、そして広大な田畑――。

あっ。

リベルが吹き飛ばしちゃった山々も、ちゃんと元通りですよ。

人様の領地を破壊したまま放《ほ》ったらかしとか、あまりにも無礼ですからね。

「おねえちゃん、ちょっといい？」

ふと、ローゼクリスが声を掛けてきます。

「これから霊脈の修復に取り掛かるよ。ただ、完全に崩壊しちゃってるから、復元にはかなりの神力が必要かも」

霊脈というのはテラリス様が大地に与えた加護ですね。

壊れたままの霊脈を放っておくと、せっかく元通りにした自然も数年で立ち枯れてしまいます。

きっちり修復しておきましょう。

私は改めて息を大きく吸って、吐いて、ローゼクリスに神力を注ぎます。

この三日間、私は大陸各地での異常を解決してきました。

おかげで神力の扱いもかなり上手になってきましたよ。

霊脈の修復だって簡単……と言いたいところですが、ローゼクリスの言う通り、今回はちょっと厄介そうです。

元々の霊脈がズタズタになっていますから、ゼロから作り直すつもりで取り掛かるべきでしょう。

「はああああああああっ！」

全身全霊の気合を込めながら、ローゼクリスを振り下ろします。

先端の水晶玉から放たれる虹色の光が、さらに強くなりました。

あまりにも眩《まぶ》しくて、さすがに私も眼を開けていられません。

思わず、瞼《まぶた》を閉じていました。

ところで――

私が神族になって三日が経つわけですが、こうして瘴気《しょうき》を浄化し、《オール・リペアリング》で大地や霊脈を修復するのは五十四回目になります。

さすがにちょっと疲れてきました。

一度の魔法で何もかも解決、みたいなことができればいいんですけどね。

でも、そんな都合のいいことは神様じゃなければ不可能でしょう。

……ん？

よく考えたら、今の私って神様ですよね。

テラリス様も「フローラちゃんの中でさえ理屈が通っていたら、客観的には絶対にありえないことだって引き起こせるの」と言ってましたから、魔法ですべてを都合よく解決することだって可能ではないでしょうか。

瞼を閉じたままボンヤリとそんなことを考えていると、右手に持っていたローゼクリスが大きく震えました。

「おねえちゃん、大変だよ！」

その声は、焦りの色を多分に含んでいました。

いつも冷静なローゼクリスにしては珍しいですね。

「光はもう収まったから、目を開けて！　とんでもないことになってるよ！」

とんでもないこと……？

トラブルでも起こったのでしょうか。

私は内心で緊張しつつ、瞼を開き——

「えええええええっ!?」

驚きの声を上げていました。

私の視界に飛び込んできたのは、予想外の光景だったのです。

第二章　世界樹が生まれました！

ええと。
何から説明しましょうか。
頭が混乱しているので、まずは深呼吸で冷静になりましょう。
すぅ、はぁ……。
よし。
仕切り直しです。
ローゼクリスの言った通り、《オール・リペアリング》の光はすでに収まっていました。
霊脈がきっちりと修復されているのも、神様としての感覚で理解できます。
ただ、アンティールの街の近くにひとつだけ予想外のものが出現していたのです。
それは天に届くほどの巨大な樹木でした。
幹の太さだけでもかなりのものです。
根元を徒歩でぐるりと一周するだけでも半日は掛かるでしょう。
そんな樹木が大地にしっかりと根を張り、豊かな枝葉を雲の上へと伸ばしていました。
あまりにも非現実的な光景としか言いようがありません。
「フローラ、今回も派手にやらかしたようだな」

リベルが竜の姿のままこちらにやってきます。

口元にはニヤリと愉快そうな笑みが浮かんでいました。

「状況から察するに、霊脈の修復中に何かが起こってあの樹木が生まれた、といったところか」

「はい。悪いものではないと思うんですけど……」

「確かにその通りだ。あの樹木からは神聖な気配を感じる。見た目もそうだが、神界の神樹に似ておるな」

言われてみれば、確かにそうですね。

神界の中央には神樹という非現実的なくらい大きな木が聳《そび》え立っていましたが、それに近いものを感じます。

「おおっ！　面白いことになってるねー！」

そう言いながら近くにやってきたのはテラリス様です。

背中からは私と同じように白い翼……神翼が伸びており、羽搏きを繰り返しながら宙に浮かんでいます。

「ふむふむ、なるほどねー」

テラリス様は興味深そうに樹木の方に視線を向けると、納得したようにひとりで頷《うなず》きます。

「あの木のこと、なんとなく分かったかも」

「ほう。随分と早いな」

リベルが驚いたように声を上げると、テラリス様は得意げに笑みを浮かべました。

「えへん。まだまだ本調子じゃないけど、わたしだって神族だからねー。ところでフローラちゃん、ひとつ訊《き》いていいかな？」

「えっ？　あっ、はい」

いきなり話を振られたので驚いてしまいましたが、私はすぐに頷きます。

「私、何か変なことをしちゃいましたか」

「あっ、別にお説教をするつもりはないから安心してね。気軽に答えてくれたらいいよ。フローラちゃんはさっき、この地域の霊脈を修復してくれたよね。その時、どんなことを考えていたかを教えてもらっていいかな？」

「考えていたこと、ですか」

私は数秒ほど口を閉じ、頭の中をまとめます。

「一度の魔法でぜんぶ解決できたらいいな、みたいなことは思ってました」

「なるほどねー。うんうん、答えてくれてありがとう。だいたい理解できたよー」

「と、言いますと……？」

「自覚なさそうだけど、フローラちゃん、この三日間で神力の扱いがめちゃくちゃ上達してるんだよねー。たぶん才能があるんだと思うよ。神様になるために生まれてきた、みたいな？」

えっと。

なぜか突然、テラリス様が私のベタ褒めを始めました。

「あ、ありがとうございます……？」

「お礼は別にいいよー。事実を言ってるだけだからねー。ここからが本題なんだけど、神力の扱いに慣れてきた神族にありがちなんだけど、ふわっと考えたことがそのまま現実になっちゃうことがあるんだよねー」

「つまり、あの大樹はフローラの思考を反映したもの、ということか」

リベルが問い掛けると、テラリス様はコクリと頷きました。

「普通の神族ならここまで派手なことにはならないけど、フローラちゃんは高位神族の血を引いてるし、神力を扱う才能があるからねー。一度の魔法でぜんぶ解決できたらいい、って考えがそのまま現実になっちゃったみたい。今回ばかりは、わたしもビックリしたよ。あの木がどういうものか、今からちゃんと説明するね」

テラリス様の話によると――

アンティールの街の近くに現れた樹木には、様々な力が備わっているそうです。

重要なものを三つ、テラリス様の言葉を借りながら紹介しますね。

「まずは、瘴気の浄化かなー。あの木からは《ハイクリアランス》に近いものが放出されているみたい」

今回、私はアンティールの周囲を包む瘴気を消し去ったわけですが、同じような被害に遭っている地域は他にも多く存在します。

本来なら私がそれぞれの地域に出向いて《ハイクリアランス》を行う必要があるわけですが、樹木から放出される力により、すべての瘴気がまるっと浄化されつつあるようです。

「要するに、世界中に《ハイクリアランス》をかけているようなものかなー。すごい木だよね」

確かにそうですよね。

我ながら、とんでもない樹木を生み出してしまいました。

「おっと、驚くのはまだ早いよー。あの木は他にも色んなことができるからね。二つ目は、霊脈の管理かなー」

曰《いわ》く、樹木の根は地中で霊脈に繋《つな》がっており、現在、世界中の霊脈を対象として大規模なメンテナンスを行っているようです。

アンティールのように霊脈が破壊されている場合は修復し、そうでない場合は破壊されないように強化を行うのだとか。

「最後が、豊穣《ほうじょう》の気だね。あの木が存在しているだけで世界中の人たちが元気になる、って考えてくれたらいいかな」

「まるで神樹だな」

テラリス様の話を一緒に聞いていたリベルが、ぽつりと呟《つぶや》きました。

「神樹は、神界に生きる者たちに活力を与える。それと似たようなものか」

「リベルちゃん、いいこと言うねー」

テラリス様は、その通り、といった表情を浮かべながらパチンと指を鳴らしました。

「この木って、要するにこの世界の人にとっての神樹みたいなものなんだよねー。名前を付けるなら、人樹、みたいな？」

「ちょっと語感が悪くないですか」

私は思わず横から口をはさんでいました。

「人樹って、なんだか人間が木になっちゃった感じもしますし……」

「確かにねー。じゃあ、フローラちゃんに名前を決めてもらおっか」

「えっ」

「妥当だな」

同意の言葉を口にしたのはリベルです。

「そもそも、あの樹木は汝《なんじ》が生み出したものだ。ならば、汝が名前を与えるのが道理というものであろう」

うっ。

そう言われてしまっては反論ができません。

ただ、正直なところネーミングセンスにはあんまり自信がないんですよね。

困りました。

私は腕を組んで考え込みます。

……あっ。

思いつきました。

いいえ、厳密には「思い出しました」というべきでしょうか。

ご先祖さまの手記に、あの樹木にピッタリの言葉が書いてありましたね。

「世界樹ってどうですか」

「おっ。なんだかカッコいいねー。わたしは素敵だと思うよー」

「我も異論はない。なかなか良い名前ではないか。さすがフローラだな」

「ありがとうございます。でも、私が考えたわけじゃないんです」

「どういうことだ？」

疑問の声を上げるリベルに、私は答えます。

「実は、ご先祖さまの手記に書いてあった言葉から借りてきたんです。ご先祖さまの住んでいた世界にはいろいろな神話が存在するみたいなんですけど、そのうちのひとつに『世界樹』って概念があるんです」

簡単に説明すると、世界は一本の巨大な樹木によって支えられている、といったところでしょうか。

私が生み出したあの木も、まるで天と地を繋ぐように枝葉や根を伸ばしていますし、世界樹という呼び名がピッタリだと思います。

それにしても――

改めて考えてみると、不思議ですね。

何の話かといえば、ご先祖さまの手記です。

今までもそうでしたが、私が遭遇する事件にピッタリの言葉があちこちに書かれているんですよね。

ご先祖さまは未来視の力を持っていたという話もありますし、我が家に残っている手記の数々は実のところ子孫である私に向けたアドバイスだったり……なんて。

さすがに自意識過剰ですよね。

我ながら変なことを考えてしまいました。

この三日間、あちこちを飛び回っていましたから、疲労が蓄積しているのかもしれません。

……などと考えているうちに、ふと、頭をこんな言葉がよぎりました。


『何が起きてもいいように対策を世界のあちこちに仕込んでおいたんだよ』


んん？

いったい誰が言ったのでしょう。

残念ながら思い出すことはできませんでした。

ただ、少なくともご先祖さまの手記には書かれてなかったですね。

おっと。

話題が逸《そ》れてしまいました。

ともあれ、私が生み出した樹木の名前は『世界樹』となりました。

世界樹は存在するだけで瘴気《しょうき》を浄化し、霊脈を修復してくれます。

しかも、その効果はこの世界すべてに及ぶそうです。

実際、すでに瘴気の九割以上は消え去っているとか。

破壊された霊脈もじきに復元され、枯れ果てた土地も数日のうちにすべて蘇《よみがえ》るだろう……というのがテラリス様の予想です。

……あれ？

「私、もう何もしなくても大丈夫だったりしませんか」

「おっ、さすがフローラちゃん。いいことに気付いたねー」

私の呟きに、テラリス様がうんうんと頷きます。

「今まではフローラちゃんが現地に行って浄化や修復をする必要があったけど、ここからは世界樹が代わりにやってくれるよ。ホント『一度の魔法でぜんぶ解決』しちゃったねー」

言われてみれば、確かにその通りです。

私の思考がまるっとそのまま現実になっていますね。

自分のしたことではあるのですが、ビックリです。

私が驚きの気持ちを抱えながら世界樹を眺めていると、再び、テラリス様が口を開きます。

「まあ、問題が残っていないわけじゃないんだけどね」

「そうなんですか？」

「世界樹は瘴気を浄化してくれるけど、すでに瘴気から生まれた魔物は残ってるからねー。そっちは退治しないといけないよー」

「ならば、我が行くとしよう」

そう申し出てくれたのはリベルです。

「フローラ、ネコ精霊を五〇〇〇匹ほど連れて行くぞ。それだけの数がいれば魔物の群れごときに負けることはあるまい。汝はしばらく休むがいい」

「いえ、私も行きますよ」

「無理はするな。世界樹を生み出したことで、汝はかなりの神力を消耗しておるはずだ」

「そんなことないですよ。元気です」

「おねえちゃん、やめておいたほうがいいよ」

そう告げたのは、右手に持っていたローゼクリスです。

「王様の言う通り、神力がかなり減ってるよ。もしかしたら、背中の神翼も維持できないかも」

えっ。

そんな深刻な状態なんですか？

私が驚いていると、ローゼクリスの言葉を肯定するように、頭の上で天照《てんしょう》の冠が震えました。

「フローラちゃん。ここはリベルちゃんを信じて送り出してあげるところだよー」

テラリス様はポンポンと私の右肩を叩くと、穏やかな口調でそう告げました。

「……分かりました」

私は少し考えたあと、コクリと頷《うなず》きます。

「リベル、魔物の討伐をお願いします。ケガをしないように気を付けてくださいね」

「心配には及ばん。我は最強の竜だからな。とはいえ、汝の気持ちはありがたく受け取ろう」

そう言ってリベルは竜の姿のまま右手を伸ばすと、私の頭を撫でようとして……直前で動きを止めました。

「フローラ。頭から天照の冠を除《の》けるがいい。このまま撫でたなら、うっかり冠を潰してしまうかもしれん」

「いえ、除けません」

私はふと思いついたことがあったので、いたずらっぽく微笑《ほほえ》みながらリベルに告げます。

「無事に魔物を倒して帰ってきたら、頭を撫でさせてあげます」

「ほう。面白いことを言うではないか」

リベルはニヤッと笑みを浮かべました。

「よかろう。では、撫でるのは後の楽しみに取っておこう。ただ、精霊王におあずけを食わせたのだ。どんな結果になるかは保証せんぞ。ククク……」

ひえええええっ。

軽い冗談のつもりで言ってみたのですが、とんでもないことになってしまったかもしれません。

とはいえ今更撤回するわけにもいかず、私としては普段よりもやる気に満ちたリベルを黙って見送ることしかできませんでした。

えっと。

なんだかんだ言っても頭を撫でられるだけですし、大変なことにはならないですよね。

たぶん、おそらく、きっと。

「あははは っ。やっぱりフローラちゃんとリベルちゃんは仲良しだねー」

私が内心でビクビクする一方、テラリス様は楽しそうに笑っていました。

「さて、とりあえず下に降りよっか。世界樹のこと、街の人たちに説明してあげないとね」

＊　＊

テラリス様と一緒に地上に降りると、そこにはネコ精霊たちが待っていました。

ネコ精霊の半数はリベルが魔物退治に連れて行ったわけですが、元々が一万匹を超えているので、わちゃわちゃした光景なのは変わらないですね。

「フローラさま、おかえりー！」

「せかいじゅのことは、おうさまからねんわできいたよー」

「せかいじゅうをかばーするせかいじゅー」

おおっ。

なかなか面白い言い回しですね。

世界中をカバーするから世界樹。

街の人たちへの説明で使わせてもらいましょう。

そんなことを考えていると、足元でポンと白い煙が弾けてミケーネさんが姿を現しました。

「フローラさま！　報告だよ！　ムガイ伯爵って人がお礼を言いたいんだって！　連れてきていいかな？」

もちろん、断る理由はありません。

私は頷いて「大丈夫ですよ」と答えました。

アンティールの街はムガイ伯爵領にあります。

言うまでもないことかもしれませんが、ムガイ伯爵というのはこの地域の領主ですね。

普段は北の領都で暮らしているそうですが、一〇日ほど前からアンティールの街に滞在しており、今回の異変に巻き込まれたようです。

世界樹のことについては、いずれこの地域の領主に説明せねばならないと思っていましたから、向こうから会いに来てくれるのは好都合ですね。

そんなことを考えていると、街の方から大きな影がのっし、のっしと近づいてくるのが私の視界に入りました。

あれは……タヌキさんですね。

タヌキさんは自分の身体の大きさを自由に変えることができるのですが、今回は普段の三倍ほどのサイズになっています。

姿勢としては両手両足を地面につけ、その背中には細身の男性を乗せています。

男性はシルクハットを被っており、黒を基調とした貴族の正装を纏《まと》っていました。

服装から推測するに、きっとムガイ伯爵でしょう。

タヌキさんはやがて私たちの近くで足を止めました。

「フローラさまー。おきゃくさまをはこんできたよー」

「タヌキさん、ありがとうございます。──お久しぶりです、ムガイ伯爵」

「馬上にて失礼、いえ、狸上《りじょう》でしょうか。ともあれご無沙汰しております、フローラリア様」

ムガイ伯爵はタヌキさんから降りると、私に向かって深くお辞儀をしました。

どうして『お久しぶり』なのかと言えば、私がフォジーク王国の王妃候補だった頃、王宮のパーティで会ったことがあるからですね。

年齢としては五十代後半、気品のある顔立ちにロマンスグレーの髪と口髭《くちひげ》がよく似合っています。

シルクハットを被った姿は『老紳士』といった雰囲気です。

「このたびはアンティールの街を救っていただき、誠に感謝しております。まずはお礼を、と思い、取り急ぎ駆け付けた次第でございます」

ムガイ伯爵は私にそう告げると、次に、すぐ近くにいたテラリス様に視線を向けました。

「挨拶が遅くなって申し訳ございません。ワシはノーマ・ディ・ムガイ。このムガイ伯爵領の領主をさせていただいております。お名前をお伺いしてもよろしいでしょうか」

「いいよー、っ、言いたいところだけど、せっかくだしクイズにしようかな？　わたしは誰でしょう！　たぶん、顔くらいは見たことがあるはずだよー。肖像画とか彫像とか、いろんな場所にあるからねー」

「もしや有名なお方でしたか。これは申し訳ない。……むむ」

ムガイ伯爵は眉間にシワを寄せて考え込むと、やがて戸惑いの表情を浮かべて呟《つぶや》きました。

「まさか。いや、そんなはずが」

この反応からすると、相手がテラリス様という予想はついているようですね。

ただ、神様が実在して、しかも目の前にいるという状況はあまりにも非現実的なので混乱しているようです。

ここは助け船を出しましょうか。

「ムガイ伯爵が考えている通りですよ」

私は横から声を掛けます。

「竜や精霊がいるんだから、神様だっているに決まってるじゃないですか」

「ということは、やはり……」

「はい。この世界を作ったテラリス様です」

「なんと……！」

ムガイ伯爵は驚きの声を漏らすと、その場に右膝を突き、両手を組んで祈りの姿勢を取りました。

「よもやこのような場所で女神様にお会いするとは思っておりませんでした。お目にかかることができて光栄です。ワシは生涯、今日という日を忘れることはないでしょう」

「そう言ってくれるのは嬉《うれ》しいけど、そんなに畏《かしこ》まらなくてもいいんだよー。ほらほら、リラックス、リラックス」

恐縮しきったムガイ伯爵とは対照的に、テラリス様はいつもどおりの自然体です。

「膝を突いてたら話もしづらいし、立ってくれた方がいいかなー」

「お気遣いありがとうございます。では、失礼して……」

ムガイ伯爵はゆっくり立ち上がると、右膝に付いた土埃《つちぼこり》を払おうとしました。

「あっ、服なら私がきれいにしますよ。——《クリアリング》」

詠唱とともにムガイ伯爵の衣服が青い輝きに包まれました。

《クリアリング》は修復魔法の《リペアリング》をベースにして、衣服の汚れを落とすことに特化させた魔法です。

これを使えば、白いドレスに赤ワインを掛けられたとしても安心です。

トマトソースの汚れも一瞬で消せるので、いずれは普及させたいところです。

ちなみに《クリアリング》は私が編み出しました。

神様になったことで魔法の扱いも以前より上手《うま》くなったおかげでしょう。

余談はさておき、《クリアリング》はきちんと効果を発揮して、ムガイ伯爵の右膝に付いた土埃をキレイに落としていました。

「おお……！　ありがとうございます、フローラリア様」

ムガイ伯爵は感嘆のため息とともに、お礼の言葉を述べます。

続いて、遠くに聳《そび》え立つ世界樹にチラリと視線を向けてからこう言いました。

「ところで先程から気になっていたのですが、あの大きな樹木はいったい……？」

おっ。

この質問はありがたいですね。

私としても、そろそろ世界樹について切り出すつもりだったので、まさに渡りに船といった気持ちです。

ではでは、しばらくのあいだは説明タイムと行きましょうか。


世界樹について語るのであれば、前提として、私が神様になったことも言う必要があります。

自分自身のことではあるものの、なかなか現実離れした話ですよね……。

ただ、幸いなことにムガイ伯爵はきちんと私たちの説明を聞いて、理解を示してくれました。

「フローラリア様の仰《おつしや》ったことは、常識的に考えるなら『ありえない』の一言でしょう。ですが、竜や精霊だけでなく、女神様までもが実際に存在し、ワシの目の前にいらっしゃるのですからな。これまでの常識など捨ててかかるべきでしょう」

「ありがとうございます。そう仰っていただけると助かります」

「いえいえ、これはワシの本心ですとも。それにしても、世の中というのは何が起こるか分からないものですな」

ムガイ伯爵はしみじみとした様子で呟きます。

「フローラリア様が只者《ただもの》ではないことは、王宮のパーティでお会いした時から感じておりました。ですが、まさか神になられるとは思っておりませんでした。ワシとしては驚くばかりです」

「神様になったとは言っても、一時的なものですけどね」

「うんうん。たぶん、あと五秒くらいで人間に戻るよー」

えっ。

テラリス様、さすがにそれは唐突すぎませんか。

……などと思っているうちに、フッ、と身体から力が抜けるような感覚がありました。

背後を見れば、神翼はどこにも見当たりません。

「ごめんね、おねえちゃん」

左手に持っていたローゼクリスが私に告げます。

「ボクの想定よりも神力の消耗が激しかったみたい。もっと早くに気付けたらよかったんだけど……」

「気にしなくて大丈夫ですよ。ちょっとビックリしましたけど、危険な目に遭ったわけじゃないですからね」

「ありがとう、おねえちゃん。ボク、疲れちゃったからしばらく休むね。ふぁぁ……」

ローゼクリスはアクビのような声を出すと、ポン、と白い煙を出してその場から姿を消しました。

きっとドラッセンの屋敷に戻ったのでしょう。

私がそんなことを考えていると、ムガイ伯爵が戸惑いがちな様子で声を掛けてきます。

「フローラリア様。お身体はご無事ですかな。どうやら人間に戻られたようですが……」

「ええ、私は平気ですよ」

「心配しなくてだいじょうぶだよー」

私に続いて、テラリス様が答えます。

「フローラちゃんに何かあったら、リベルちゃんがどうなるか分からないからねー。後遺症が出ないように注意して儀式を進めていったよー」

んん？

どうしてリベルの名前が出てくるのでしょう。

なんだかよく分かりませんが、ともあれ、私の身体に問題はなさそうですね。

さて。

いきなり人間に戻ったせいで話が本題からズレてしまいましたね。

ムガイ伯爵に対して、世界樹がどういうものかの説明は終わりました。

重要なのはここからです。

世界樹が生えているのがナイスナー王国の中であれば、お父様に報告するだけで済んだでしょう。

でも、ここはムガイ伯爵の領地なんですよね。

ひとさまの土地に無断で木を植えるなんて、はっきり言って非常識なわけでして。

いますぐ撤去しろと言われたら反論できません。

ただ、世界樹の機能を考えるならこのまま残しておきたいので、なかなかに困ったところです。

ひとまず、当事者であるムガイ伯爵に意見を訊《き》いてみると――

「世界樹は世のため人のためになるものでしょう。ならば、ぜひとも残していただきたい」

幸いなことに、かなり前向きな意見が返ってきました。

「いっそのこと、我が伯爵領をナイスナー王国に組み込んでしまってはいかがですかな。そちらの方が世界樹の世話もやりやすいかと」

……はい？

いきなり話が飛びましたね。

私が瞼《まぶた》をパチパチとさせながら戸惑っていると、ムガイ伯爵がさらに言葉を続けました。

「世界樹とは、名前が示すように植物ではあるのでしょう。常識的に考えるなら、水やりや剪定《せんてい》のような手入れが必要ではありませんかな」

言われてみれば確かにそうかもしれませんね。

私が納得していると、隣にいるテラリス様が口を開きました。

「ムガイちゃんの考えてることは正しいよー。毎日のお世話はネコ精霊に任せておけば大丈夫だけど、一ヶ月に一回くらい、フローラちゃんが魔力を注いであげたほうがいいねー」

「注ぐのを忘れたらどうなるんですか」

「しばらくは大丈夫だろうけど、だんだん元気がなくなっちゃって、霊脈にも影響が出ちゃうかもしれないよー」

つまり、大地から恵みが失われる危険性がある、ということですね。

月に一度はムガイ伯爵領に来て、世界樹に魔力を注いであげるべきでしょう。

あれ？

世界樹のお手入れをするだけなら、わざわざムガイ伯爵領をナイスナー王国に組み込む必要ってなくないですか?

国や領地の運営というのは客観性と公平性を保つために明文化された法や制度に基づいて行われるべきですが、今回の場合は『世界樹はナイスナー王国とムガイ伯爵領の共同管理とする』という形でまとめれば済む話です。

そもそもナイスナー王国はノーザリア大陸の西側、ムガイ伯爵領は東側です。

馬車で数ヶ月は掛かる距離ですし、そんな遠い場所を自分の国に組み込むのはあまりにも非現実的でしょう。

――ということを、私はやんわりとムガイ伯爵に伝えさせてもらいました。

「むむ。そこに気付くとは、さすがフローラリア様です。話の勢いで押し切りたかったところですが、そうそう都合よくはいかないものですな」

なんだか残念そうですね。

「ムガイ伯爵は、ナイスナー王国の一員になりたいんですか」

「ばれてしまいましたか」

ムガイ伯爵は右手で口髭《くちひげ》を軽く撫でると、いたずらが見つかってしまった少年のような笑みを浮かべました。

普段の老紳士らしい雰囲気とはギャップがありますが、なかなか似合ってますね。

私がそんなことを考えているあいだに、ムガイ伯爵は表情を引き締め、真剣な様子で語り始めました。

「二年前の秋、クロフォード殿下がフローラリア様に婚約破棄を突き付けたことがきっかけとなって、フォジーク王国は崩壊しました。以来、各地の貴族はそれぞれ独立して自分の領地を治めております。そのことはご存じですな」

「ええ、もちろん」

なにせ、私がフォジーク王国を滅ぼしたようなものですからね。

滅びた後のこともそれなりに把握しています。

「ワシは伯爵を名乗らせてもらっておりますが、この爵位はあくまでフォジーク王国に与えられたものにすぎません。国が消えてしまった今となっては、爵位など何の意味もありません」

これはムガイ伯爵の言う通りですね。

たとえばマリアのお父様であるシスティーナ伯爵だって、厳密に言うならシスティーナ〝自称〟伯爵なんですよね。

ただ、フォジーク王国の崩壊があまりにも突然だったこともあり、各地の貴族は以前のままの爵位を使っています。

「幸い、領民たちはワシのことを『ムガイ伯爵』として認め、慕ってくれております。ゆえに、厚かましいとは思いつつも領主としての立場を保ち、今日まで領政を担ってまいりました」

ですが、とムガイ伯爵は続けます。

「伯爵領の今後を考えると、このまま独立独歩の状態を続けていくのは困難だと感じております。今回のような異変には対応できませんし、この豊かな土地を狙って近隣の貴族領が攻め込んでくる可能性もありましょう。もしもの時のために、強固な後ろ盾を持っておきたいのです。ニホンゴにも『ヨラバタイジュノカゲ《寄らば大樹の陰》』という言葉があるでしょう?」

おおっと。

まさかムガイ伯爵の口からニホンゴのコトワザが出てくるとは思っていなかったので、さすがにちょっとビックリしてしまいました。

「はは、驚かせてしまいましたな。いつかナイスナー王国の方と繋がりができた時のために勉強しておいたのです」

「ムガイ伯爵って真面目なイメージでしたけど、ユーモアもあるんですね」

「もちろんです。堅物というだけでは紳士と言えませんからな」

ムガイ伯爵はフッと笑うと、シルクハットのつばを押さえて被り直します。

「話を戻しますが、ワシとしては飛び地という形であろうともムガイ伯爵領をナイスナー王国に組み込んでもらえれば幸いです。竜と精霊に愛された国の一員となれば、周辺の貴族たちもそうそう気軽に手出しはできませんからな。ワシは領主として、ムガイ伯爵領で暮らす者たちに安寧をもたらす義務があるのです」

「立派な心掛けだと思います。ムガイ伯爵の考えは、国王であるお父様に伝えさせていただきますね。……ただ、現実的に考えるなら同盟関係が落としどころになってくると思います。やっぱり、ナイスナー王国とムガイ伯爵領は距離がありますから」

「あっ、わたしにいい考えがあるよー」

ポン、と手を叩いてテラリス様が口を開きました。

「ノーザリア大陸をぜんぶ、ナイスナー王国がとうい……むぐっ」

「あー、あー。何も聞こえません。何も聞いてませんよ」

私は慌てて近くにいたネコ精霊を掴《つか》むと、テラリス様の口元に押し付けました。

「フローラさまのちかくでぼんやりしていたら、くちふうじにつかわれたけんについて」

「すみません。そのままテラリス様をモフモフしておいてください」

「わかったー」

モフモフモフ――。

ふう。

ネコ精霊がそばにいたおかげで助かりました。

テラリス様が何を言おうとしたのか、もちろん見当はついています。

ナイスナー王国がノーザリア大陸を統一すればいい、といったところでしょう。

他の人ならともかく、創造神であるテラリス様がそれを言ってしまうのは非常にマズいです。

要するに「ナイスナー王国に対し、ノーザリア大陸を統一するように神託が下された」も同然のことですからね。

周囲に広まってしまったら、どんな混乱を引き起こすか分かりません。

ナイスナー王国は成立からまだ一年と半年ほどしか経《た》っていません。

国家としてはあまりに〝若い〟ですし、そんな状況で大陸の統一に乗り出すのは内部崩壊のリスクが高いように思えます。

「ムガイ伯爵。さっきの話は聞かなかったことにしてください」

「……承知いたしました」

私が強い口調で告げると、ムガイ伯爵は重い表情で頷《うなず》きました。

「とはいえ、後ろ盾のない状況を不安に感じている貴族はワシだけではありません。ナイスナー王国が大陸の統一を行うのであれば、喜んで傘下に入りたがる者は決して少なくないでしょう」

＊　＊

話が一段落したところで、私はムガイ伯爵とともにアンティールの街に向かうことになりました。

テラリス様は、というと——

「むぐ、もごもごもご」

おっと。

ネコ精霊に口封じを頼んだままになっていました。

「もう離れてもらっていいですよ」

「はーい」

ネコ精霊はぴょんとテラリス様の口元から離れます。

「うーん。やっぱりネコ精霊の毛並みはいいねー。あれ？　わたし、何の話をしてたんだっけ」

「そのまま忘れちゃって大丈夫ですよ。ところで、今からアンティールの街に行くんですけど、テラリス様はどうしますか」

「そうだねー。ちょっと世界樹について詳しく調べたいし、それが終わってから追いかけるよー。フローラちゃんは先に行っててー」

「分かりました。では、後で合流しましょう」

「はーい。またね、フローラちゃん。ムガイちゃん」

テラリス様はぶんぶんと大きく手を振ると、神翼を広げてパタパタと世界樹の方に向かっていきます。

「なかなか天真爛漫《てんしんらんまん》というか、自由闊達《かったつ》なお方ですな」

ムガイ伯爵はテラリス様を見送りつつ、口元に微苦笑を浮かべます。

「女神というのは人智《じんち》を超えた存在で、近寄りがたいものだと思っておりましたが、いやはや、人生というのは何歳《いくつ》になっても驚きが尽きませんな」

「気持ちは分かりますよ。私も、初めてテラリス様にお会いした時はビックリしましたから」

私はムガイ伯爵の方を見ながら頷きます。

「以前、神界に行った時にも感じたんですけど、たぶん、神様も心の在り方は私たち人間と同じですよ。ちょっとしたことで泣いたり、怒ったり、喜んだり——。そこに大した差はないんだと思います」

「確かにそうかもしれませんな。……ところで、神界とは何のことでしょうか」

おおっと。

そういえば私が神界に行ったことって、一部の人しか知らないんですよね。

うっかり口が滑ってしまいました。

ただ、ムガイ伯爵とは今後、世界樹の管理を共同で行っていくことになるわけですし、神界についての情報も共有しておいた方がいいでしょう。


というわけで、神界での出来事についてもザッと説明しておきます。


「これはまた、にわかには信じがたい話ですな……」

まあ、当然といえば当然の反応ですよね。

「とはいえ、フローラリア様が嘘《うそ》をつくわけがありますまい。すべて、まっさらな心で信じさせていただきましょう」

「ありがとうございます。そう仰《おつしや》っていただけると助かります」

「いえいえ、構いませんとも。それにしても、ワシの知らないところで世界が滅びかけていたとは……。人間ひとりに見えている範囲というのは実に狭いものですな」

ムガイ伯爵はしみじみと呟くと天を仰ぎます。

「見えるものが狭いからこそ、人は神話のように壮大なものに思いを馳《は》せるのかもしれません。……まあ、ワシたちが生きている今の時代そのものが神話じみておりますが」

言われてみれば確かにそうですよね。

なにせ、女神であるテラリス様が地上に降臨しているわけですし。

私たちの時代のことを数百年後の人々はどんなふうに考えるのでしょうか。

おとぎ話のようで現実味がない、と言うかもしれませんね。

私が未来に思いを馳せながらクスッと笑みを零《こぼ》していると、ムガイ伯爵が「おっと」と声を上げました。

「お礼を言うだけのつもりが、随分と長話になってしまいました。これは申し訳ない」

「私の方こそ、引き伸ばしてしまってすみません。世界樹のこととか、神界のこととか」

「いやいや、ワシの手落ちです。街にお招きしてから話を始めるべきでしたな」

「そんなことはないですよ。責任は私に……って、このままだと繰り返しになっちゃいますね」

「はは、仰る通りですな」

私とムガイ伯爵は互いにフッと笑みを浮かべます。

「ともあれ、街に向かうとしましょう。住民たちもきっとフローラリア様に会いたがっているでしょう」

「承知しました。ネコ精霊たちも一緒に入らせてもらっていいですか」

「もちろんです。彼らは魔物と戦ってくださった英雄ですからな」

「ぼくたち、えーゆーだって！」

「えーゆーばいけーでぃーでぃーあい！」

「いまならじっしつむりょう！」

うーん。

最近、ネコ精霊の不思議な発言もちょっとは理解できるようになってきましたが、さすがに今回はチンプンカンプンです。

私が首をかしげていると、近くにミケーネさんがやってきて告げました。

「あのネコ精霊たちは、ニホンって国から《ネコゲート》を通って来たんだよ！　きっと、ご先祖さまの故郷のことだよ！」

「そうなんですか？」

「たぶん！」

つまり、確証はない、ってことですね。

そういえば《ネコゲート》って異世界からネコを召喚して精霊に変える魔法でしたっけ。

ニホンから来た子がいるのなら、そのうち、どんな場所なのか訊《き》いてみたいところです。

とはいえ、今は先にやることがあります。

アンティールの街に行きましょうか。


アンティールの城壁は魔物との戦いでボロボロになっていたものの、私が《オール・リペアリング》を使ったことで本来の形に修復されています。

「フローラリア様には城壁も直していただいて、心から感謝するばかりです」

「いえいえ。これくらいはお安い御用ですよ」

私はムガイ伯爵の言葉にそう答えつつ、城門を潜り、アンティールの街に足を踏み入れます。

その途端、たくさんの人々がワッと押し寄せてきました。

「フローラリア様！　街を救ってくださってありがとうございます！」

「ケガまで治していただいて、本当に何と言ってよいやら……！」

「このご恩は忘れません！　わたしたちにできることがあれば、何でも言ってください！」

衛兵や冒険者だけでなく、街で暮らしている男性、女性、老人、子供――。

いろいろな人たちが私のところにやってきては、口々にお礼の言葉を述べていきます。

その表情は明るく、危機が去ったことを心から喜んでいました。

そんな人々の顔を見ていると、私も嬉しくなってきます。

街を守ることができて、本当によかったです。

……が。

私たちのすべきことはまだ残っています。

「ムガイ伯爵、少しよろしいですか」

「なんでしょう」

「街の食料ってどれくらい残ってますか」

私がそう訊《たず》ねると、ムガイ伯爵は黙り込んでしまいました。

この反応は予想通りだったので、私はさらに言葉を続けます。

「霊脈が枯れて、大地の恵みが失われた地域では食料が急激に腐っていくんです。アンティールの街も例外じゃないと思うんですけど、どうですか」

「ええ、仰る通りです」

観念したようにムガイ伯爵が頷きます。

「アンティールの街は食料地帯として知られておりますし、天災に備えて蓄えも用意してありました。しかし、この三日間でほとんどが腐り、口にできない状態になってしまいました」

「ですよね。今のままだと街の皆さんが飢えてしまいますし、しばらく支援させてもらってもいいでしょうか」

「それはありがたい。ですが、よろしいのですか。そちらの負担もかなりのものでしょう」

「大丈夫ですよ。ドラッセンは――私の街は、毎日のように豊作が続いてますから」

この発言は決して強がりではありません。

ドラッセンは豊穣《ほうじょう》の気に包まれているおかげで、春夏秋冬、季節に関係なく田畑は豊かな実りを得ています。

食料は十分に余っていますから、気前よく提供しちゃいましょう。

というわけで――

「ネコ精霊の皆さん！　街の人たちにごはんを作ってあげてください！」

「がってんだー！」

「まずはおみせをつくるよー！」

「わるいねこ、たいりくぜんどにてんかいちゅう！」

私の掛け声を合図に、ネコ精霊たちが一斉に動き始めました。

『しんやしょくどう　わるいねこ』といえば、ドラッセンにあるネコ精霊たちのお店です。深夜食堂という名前に反して二十四時間営業だったりしますが、味はかなりのもので、観光客の皆さんからも好評をいただいています。

今回、ネコ精霊たちが建てたのは『しんやしょくどう　わるいねこ　アンティールりんじてん』。

街の北側に大きな空き地があったので、そこを借りての出店です。

お店は二階建てで、一階はカウンターとオープン席、二階が個室となっています。

食料支援が目的ですから、もちろん全品無料ですよ。

にゃんばーいーつと提携して配達も行っています。

アンティールにお住いの方はぜひ気軽にご利用ください。

……って、どうして私は宣伝活動をしているのでしょう。

ともあれ――

お店は無事にオープンし、ネコ精霊たちは忙しそうに働き始めました。

「はんばーぐをやくよ。じゅーじゅーやくよー」

「かれーをにるよー。ぐつぐつにるよー」

「あじみをするよー。ばくばくたべるよー」

味見なのにバクバク食べちゃったら、料理が残らないような……？

まあ、さすがにそんなことはしませんよね。

私はネコ精霊たちがキッチンで働く様子をしばらく眺めたあと、二階の個室へと向かいました。

世界樹を生み出した時に神力だけでなく栄養も使ったらしく、ものすごくお腹《なか》が空《す》いています。

時計も昼の十二時を回っていますし、食事にはちょうどいいタイミングですよね。

テラリス様も一緒にどうかと思ったのですが、イズナさんづてに「先に食べておいて」という連絡をもらっています。

どうやら世界樹の解析にかなり時間が掛かっているみたいですね。

申し訳ないですが、先にいただきましょう。

個室の席についてしばらくすると、ネコ精霊たちが食事を運んできてくれました。

「きょうのおしょくじは、こちら！」

「はんばーぐかれーのせかいじゅじたて！」

「かりかりのぶろっこりーをさしてみました！」

おお……！

今日のメニューはなかなかボリュームがありますね。

お皿の左半分にはホカホカのお米、右半分には濃い飴色《あめいろ》のカレー、そして中心にはまんまるで肉厚のハンバーグが置かれ、そこに一口サイズに切られたブロッコリーが刺さっています。

お子様ランチっぽくて、なかなか可愛《かわい》らしいですね。

ブロッコリーはパン粉をまぶして揚げてあるらしく、見た目からしてカリッとしています。

さっそく食べてみましょうか。

スプーンでハンバーグを割ってみると、内側からじゅわっと肉汁があふれてきます。

肉汁の入ったカレーをお米と一緒に口に運んでみれば、思わずため息が漏れるほどの旨味が舌に広がりました。

あぁ……。

この一口だけで、三日間の疲れがすべて吹き飛んでしまいそうです。

ハンバーグそのものも、牛肉がたっぷり使われており、ジューシーな歯応えです。

ブロッコリーも期待通りにカリカリした食感で、ほのかな塩気がよいアクセントになっています。

お腹が空いていたこともあって、あっというまに食べ終えてしまいました。

おかわりは……やめておきましょう。

リベルなら三杯、いえ、五杯は食べそうですね。

もしかすると宝物庫に入れて持ち歩こうとするかもしれません。

そんなことを考えつつ、食後に運ばれてきた紅茶を楽しんでいると、ポン、と足元で白い煙が弾けました。

姿を現したのは、イズナさんです。

「フローラ様、お休みのところ申し訳ございません。少々よろしいでしょうか」

「大丈夫ですよ。テラリス様から連絡ですか」

「はい。あと三十分ほどで合流できるとのことです」

いつもと変わらない、恭しい口調でイズナさんは答えます。

「それとは別件で、ひとつ、ご相談させていただきたいことがあります」

「何でしょうか」

「実は、街に滞在している吟遊詩人がフローラ様との面会を希望しております。素行に問題はなく、街の住民たちからも慕われている人物のようですが、その……」

「どうしました？」

「本人は『自分はクロフォードの弟だ』と述べております。追い払っても構いませんが、どのように対応いたしましょうか」


かつて私の婚約者であったクロフォードには、ひとり、弟がいました。

放蕩《ほうとう》王子の綽名《あだな》で知られる、ギーシュです。

ギーシュは幼いころから各地の伝承などに深い興味を持ち、さまざまな文献を読《よ》み漁《あさ》っていたそうです。

それだけなら知的な印象を受けますが、成長するにつれ、いわゆる『財宝伝説』のようなものに関心を寄せるようになっていきました。

フォジーク王国の各地には過去の偉人たちが残した財宝が眠っているとか、いないとか。

ギーシュはそのロマンに心を奪われ、やがて傭兵《ようへい》や冒険者を引き連れて宝探しを始めました。

当時、王宮では、

「ギーシュ様は兄のクロフォード様との王位継承争いを避けるため、あえて『宝探しに熱中する放蕩王子』を演じているのだ」

などと言われていましたが、真相はどうなのでしょうね。

私はクロフォードの婚約者だったころ、義弟（予定）のギーシュともそれなりに付き合いがありましたが、彼が宝探しに向ける情熱は演技ではなく、全身全霊の本気だったと記憶しています。

王族ともあろう者がそんなことに熱中するなんて……と思わなくもないですが、一方でギーシュのやっていることは国の利益になっている部分もあったので、私としてはプラスマイナスゼロ、いえ、ややプラスぎみの評価でしょうか。

個人的な感想はさておき、現在、ギーシュは行方不明となっています。

フォジーク王国に残っていた記録によると、私がクロフォードに婚約破棄を突き付けられる一ヶ月ほど前から東の海へと船で宝探しに出かけたようです。

ただ、その船が戻ってきたという報告は入っておらず、ギーシュの消息は掴《つか》めていません。

生きているのか、いないのか。

それすらも分からない状態だったのです。

さて。

クロフォードの弟を名乗る吟遊詩人は、はたしてギーシュなのでしょうか。

答えはあと少しで分かります。

あっ。

説明するのを忘れていましたが、吟遊詩人への対応としては「ボディチェックを済ませてから連れてきてください」とイズナさんに伝えていますよ。

ファールハウトからの刺客という可能性も否定できませんが、私を狙うのであれば、そもそもギーシュのフリをして近づいてくる必要がありません。

そんな回りくどいことをしなくても、もっと手軽な方法があるはずでしょう。

実際、先日のシークアミルは精霊たちの目を掻《か》い潜《くぐ》って、私とテラリス様を誘拐しています。

そんなことを考えていると、コンコン、とドアのノック音が響きました。

「フローラ様。客人をお連れしました」

「どうぞ。入ってもらってください」

「承知しました。では、失礼いたします」

声に引き続いて、ドアがガチャリと開きました。

イズナさんの背丈ではドアのノブに届かないはずですが、そこは魔法でうまくやっているのでしょう。

開いたドアの向こうには、赤色のヘアターバンを巻いた背の高い青年が立っていました。

服装としては大きな襟と袖を特徴とする藍色のコートを纏《まと》っており、背中にはリュートを担ぎ、腰のベルトには長さの異なる横笛を何本か携えています。

典型的な、各地を旅する吟遊詩人の格好ですね。

パッと見たところ服に汚れはなく、全体的に清潔感と品の良さが漂っています。

逆に言えば、身なりに気を配るだけの余裕がある――吟遊詩人としてそれなり以上の額を稼いでいる、ということでしょう。

まあ、着ているものについての話はここまでにしておきましょう。

重要なのは、この吟遊詩人が誰か、ということですよね。

髪はくすんだ金色、眼は翡翠《ひすい》色、端正な顔立ちはクロフォードと似たところが多いものの、にこやかな表情とあいまって明るい雰囲気を漂わせています。

私の中ではもう結論が出ましたが、いちおう、訊《き》いておきましょうか。

「ギーシュ殿下ですよね」

「いきなり本題に踏み込むあたり、君は昔と変わらないね」

自称吟遊詩人のギーシュ殿下（推定）はへにゃりと眉を寄せて苦笑します。

「普通、こういうのは挨拶や雑談をしながら探りを入れるものじゃないのかな」

「そんなの、時間がもったいないですよね。答えが分かり切っていることは、すぐに答えを出して次に進むほうがいいと思いますよ」

「違いない。けど、ひとつだけ訂正させてもらっていいかな」

「なんでしょう」

「フォジーク王国はもう存在しないわけだし、『殿下』はいらないよ。もちろん『様』みたいな敬称もつけなくていい。吟遊詩人としては『シューギ』って名前で活動してるから、そっちで呼んでくれても構わないかな」

「それ、『ギーシュ』を並び替えただけじゃないですか。今日までよく正体がバレずに済みましたね」

「人を騙《だま》すコツは、堂々と自信満々にしていることだよ。貴族の家に招かれたときに『もしやギーシュ殿下ではありませんか』なんて訊かれたこともあるけど、『殿下に似ているとよく言われるからシューギと名乗っている』と答えると、そのまま笑い話にできるんだよね」

「相変わらず、肝が据わってますね……」

話しているうちに思い出してきました。

ギーシュはこんな人でしたね。

そもそも王宮にいた時も、周囲からの冷たい視線をものともせず、情熱を宝探しに向けていたわけですし。

私が過去の出来事に思いを馳《は》せていると、目の前にいる現在のギーシュが口を開きました。

「ともあれ、会ってくれて感謝しているよ。正直、門前払いされると思っていたからね」

「『奇妙な客人は追い払うべからず。迎えるか、あるいは監視せよ』――ご先祖さまの手記に書いてある言葉です。それに、もし貴方《あなた》がギーシュを名乗る別人なら、不審人物として捕えればいいだけですからね」

私がそう答えた直後、部屋のあちこちで白い煙がいくつも弾けました。

ポン、ポン、ポポン――。

「くせものをひっとらえるよ！」

「ごようだごようだー！」

「むじつのつみでつかまえるぞー！」

縄や『サスマタ』を持ったネコ精霊たちが、ギーシュを取り囲むように次々と現れました。

ちなみにサスマタというのはご先祖さまの故郷が発祥とされる、不審者を捕えるための武器ですね。

形としては槍《やり》に似ていますが、先端の部分は二股に分かれており、刃はついていません。

……って、のんびり説明している場合じゃないですね。

「皆さん、この人は本物のギーシュですから捕まえなくていいですよ」

「それはしってるよー」

「そんざいをあぴーるしたくて、でてきました！」

「せっかくだから、つかまっとく？」

いやいや。

せっかくだから、なんて理由で客人を捕まえるのはナシでしょう。

捕まえられた側だって納得できませんよね。

「そうだねえ。これも人生経験のひとつだ。せっかくだから捕まってみようかな」

んん？

ギーシュはくすくすと笑い声を漏らすと、両手をネコ精霊たちのほうに差し出しました。

「というわけで、はい、どうぞ」

「……などとようぎしゃはもうしております」

「これははんだんにこまる」

「どうしますか、たいちょう」

ネコ精霊たちは揃《そろ》って私の方を見上げてきます。

「捕まえちゃダメですよ。はい、解散」

「りょうかーい」

「またねー」

「このおにいさん、ぼくたちにちかいふんいきをかんじるかもー」

あー。

言われてみればそうですね。

ふわふわしてマイペースなところは、ネコ精霊もギーシュも似たようなものかもしれません。

私がひとり頷いているあいだに、ネコ精霊は一匹、また一匹と白い煙を残して消えていきました。

最終的に、個室には私とギーシュの二人だけが残されました。

あ、すみません。

二人だけじゃないですね。

ギーシュを連れてきたイズナさんはドアの近くに待機していますし、もしもの時に備えて天井裏にはタヌキさんが控えています。

もし私の身に何事かが起こったなら、この二匹がすぐに対応してくれるでしょう。

まあ、ギーシュに怪しいところはなさそうですし、万が一の事態はなさそうですけどね。

「なかなか愉快なサプライズだったね。あの子たちとは仲良くなれそうだ」

ギーシュはクスッと笑うと、視線を私に戻します。

「さて、何の話をしていたんだっけ。せっかくだからリュートか笛でも披露しようか」

「それは別の機会にお願いします。とりあえず座ってください」

「ありがとう。では遠慮なく」

ギーシュは丁寧な仕草でお辞儀をすると、テーブルを挟んで私の向かいに腰掛けました。

動作のひとつひとつから品の良さがにじみ出ているあたり、やっぱり王族なんだな、と感じます。

「こうして君と話すのは何年ぶりかな」

「最後に顔を合わせたのは、私がクロフォードから婚約破棄されるよりも前ですよね」

「たぶんね。ざっと数えて二、三年ってところかな。当時の君も可愛らしかったけれど、今はそれ以上だ。とても綺麗《きれい》になった。うちの兄貴は、どうしてあんな馬鹿なことをしたのやら」

「クロフォードとの面会が希望でしたら案内しますよ。それよりも、今日はどうして私のところに来たんですか」

「せっかくだから旧交を温めに来た……なんて言っても納得しないかな」

「当たり前じゃないですか。これまでずっと素性を隠して吟遊詩人のフリをしていたのは、貴方なりの考えがあってのことですよね。なのに、なぜ今になってわざわざ自分から正体を明かしたのか。

理由を教えてください」

「さて、どう答えたらいいかな」

ギーシュは右手を握ったり開いたりを繰り返しながら呟《つぶや》きます。

考え込んでる時のクセですね。

このあたりは王宮にいた当時から変わってないようです。

「そもそもの話、僕がどうして素性を隠していたのか、というところから説明しようか。君が兄貴から婚約破棄されたころ、僕が何をしていたかは知っているかな」

「東の海に宝探しに出ていたんですよね」

「その通りだ。ただ、途中で嵐に見舞われて、船が難破したんだよ。その後、流れ着いた無人島でイカダを作って、どうにかノーザリア大陸に戻ってきた。それが一年前の五月くらいのことだ」

一年前の五月というと、私が聖地テラリスタを訪れていた時期ですね。

当時はお父様の戴冠を巡って教会とゴタゴタしていましたっけ。

イズナさんには教会の調査だけでなく、ガイアス教の動向を追いかけてもらっていたので、ギーシュの消息についてはかなり優先順位を低めにしていた記憶があります。

そんなふうに私が過去を振り返っているあいだにもギーシュは言葉を続けます。

「ノーザリア大陸に戻ってきた時は驚いたよ。フォジーク王国が滅びて、ナイスナー王国なんてものが生まれているんだから」

まあ、それはそうですよね。

宝探しの旅から帰ってきたら自分の国がなくなっていた、なんて普通に生きていたら絶対に遭遇しないシチュエーションでしょう。

ギーシュの気持ちはよく分かります。

「ただ、もともとフォジーク王国なんてものは貴族の寄り合い所帯みたいなものだったからね。王家は形としてトップに存在していたけど、貴族領の統治に対して口はほとんど出しちゃいない。それぞれの貴族家が好き勝手にやっていた。だから、フォジーク王国が滅びたところで誰も困らないんだ。実際、それぞれの貴族領は独立していい感じにやっているだろ？　だったら、しばらくは今のままでいいじゃないか……と僕は考えたんだ」

「だから素性を隠して、吟遊詩人のフリをしていたんですか」

「ああ。わざわざ行方不明の第二王子が名乗り出たって、トラブルの火種にしかならないからね」

「一理ありますね」

滅びてしまった国の王子とはいえ、ギーシュは王族ではあるわけです。

野心ある貴族がギーシュを神輿《みこし》として担ぎ出し、フォジーク王国の再興を大義名分にして周囲の貴族領に攻め込む……なんて展開もありえなくはないでしょう。

「僕自身、王族なんて身分を捨てて自由に暮らしたかったから、というのもあるけどね」

「むしろ、そっちが本音じゃないんですか」

「お見通しか。君には昔から敵《かな》わないな」

たはは、とギーシュは軽い調子で笑い声を上げます。

「ともあれ、そういうわけで僕は吟遊詩人のシューギとして生きることにしたんだ。幸い、才能だけはあったみたいでね。人並み以上に稼がせてもらっているよ」

「昔から、何かと器用でしたもんね」

そもそも無人島で生き延びるだけでなく、イカダを作ってノーザリア大陸に戻ってきていることから分かるように、ギーシュは多才というか、やたらと適応能力だけは豊かなんですよね。

宝探しに向かった先でピンチに陥ったけれどもギーシュの機転で切り抜けた、みたいな話はこれまでに何度も耳にしたことがあります。

ただ、その適応能力は政治方面にはまったく発揮されなかったらしく、当時の教育係は揃って匙《さじ》を投げています。

そういう意味では、趣味の宝探しに熱中しているくらいがちょうどよかったのかもしれません。

ただ、少しだけ補足しておくなら、ギーシュのやっていたことは世間で言われているほどの「放《ほう》蕩《とう》」じゃなかったんですよね。

宝探しといっても、単純に山を掘り返すだけじゃなく、現地の道路を整備したり、橋を架けたりといった公共事業も兼ねており、当時の王都の雇用対策にもなっていました。

私としては、ギーシュは自分の趣味を優先させつつ、同時に、王位継承争いを避け、さらに国のためになるギリギリのラインを見極めて「放蕩王子」をやっていたんじゃないか、と疑っているのですが、こればかりは本人に訊かないと分からないでしょうね。

私としては非常に気になる事項ではありますが、今はそれよりも大事な話があります。

「貴方が素性を隠して吟遊詩人をやっていた理由は分かりました。では、本題に入りましょう。もう一度聞きますけど、どうして自分から正体を明かして、私のところにやってきたんですか」

「タイミングが来た、と感じたからかな」

「どういう意味でしょう」

「街の外に、大きな木がいきなり現れただろう？　……あれを見た時に、ピン、と来たんだよ。ノーザリア大陸はナイスナー王国のものになるべきだ。フォジーク王国は完全に消え去らないといけない、ってね」

「待ってください。話が飛躍していませんか。さすがに意味が分かりませんよ」

私は困惑しつつ、言葉を続けます。

「そもそもフォジーク王国は滅びてますよね」

「というか、君が滅ぼしたようなものだね」

ギーシュはクスッと笑いながら肩を竦《すく》めます。

その口調はあくまで軽く、私を責めるようなものではありませんでした。

ここまでの会話でも薄々感じていましたが、ギーシュはフォジーク王国がなくなってしまったことそのものはさほど気にしてはいないのでしょう。

「ともあれ、国としてのフォジーク王国は滅びた。けれど、唐突に滅びたせいで誰も時代の変化についていけてないんだよ。たとえば、各地の貴族はかつての爵位をそのまま名乗っているだろう？」

確かに、ギーシュの言うことは間違っていません。

たとえばムガイ伯爵の『伯爵』はフォジーク王国から授けられたものですからね。

「僕としては、しばらくはこのままで問題ないと考えていたよ。どこかで大きな争いが起こるわけでもないし、それぞれの貴族領は平和な日々を送っているからね」

ただ、とギーシュは続けます。

「ずっと現状のままでいいとも思っていない。フォジーク王国は貴族の寄り合い所帯みたいなものだと言ったけれど、国という形を与えることで貴族同士の争いを抑えていた。どこかの貴族領が天災に見舞われた時、周囲からの支援を促したりもしていたね」

「そうは言いますけど、私がクロフォードに婚約破棄された後、フォレトス侯爵の兵がうちに攻めてきましたよ」

話の趣旨からはズレますが、私としては指摘せずにいられませんでした。

フォレトス侯爵に侵略のお墨付きを与えた国王のことは、今も許すつもりはありませんよ。

私がわずかに表情を険しくすると、ギーシュは申し訳なさそうに眉を寄せました。

「そのことについては本当に申し訳ない。僕が謝ってどうなることではないけれど、うちの親父《おやじ》が迷惑をかけた。責任の取り方については考えがあるから後で話させてほしい」

「分かりました。私こそ、余計な話をしてすみません」

「いや、構わないよ。君には僕を責める権利があるからね」

ギーシュは怒るでもなく、穏やかな表情で答えます。

「歴史を振り返るなら、二代前までのフォジーク王国は国としてマトモに機能していたらしいね。

けれど、うちの祖父と父親の代でどうしようもなく腐敗してしまった。貴族同士の争いを止めるわけでもなく、天災に見舞われた貴族領も放置して、自分たちはひたすら散財と贅沢《ぜいたく》に明け暮れるばかり。そんな国は滅びるべきだし、実際、滅びるべくして滅びた。それが僕の認識だよ」

「自分の国なのに、随分と辛辣ですね」

「フォジーク王国に対して愛着はないよ。もともと、宝探しをやりながらあっちこっちで反乱軍を育てていたからね」

「……マジですか」

さすがにそれはビックリです。

王位継承争いを避けるふりをしながら自分の国を滅ぼす準備をしていたとか、衝撃の事実なんて言葉じゃ足りないくらいの驚きなのですが。

「冗談ですよね」

「ああ、冗談だよ。たぶんね」

ギーシュは曖昧な笑みを浮かべると、小さく肩を竦《すく》めました。

この雰囲気だと、追及しても明確な答えは返ってこなそうです。

まあ、後でイズナさんに調査してもらいましょうか。

「今度は僕が話を逸らしてしまったね。君と喋《しゃべ》るのが楽しいからかな」

言われてみれば、王宮にいた当時もギーシュとの会話は長くなりがちでした。

顔を合わせた回数はそんなに多くないんですけどね。

「そういえば昔、君と話をした後にクロフォードから睨《にら》みつけられたことが何度もあったな。そこまで嫉妬するなら、普段の態度を改めればいいのに……って、今更か」

「ですね」

クロフォードの内心については、以前、ドラッセンで黒竜と戦っている時に本人からイヤというほど聞かされました。

私としてはきっぱりと拒絶の意を表明させてもらいましたし、今となっては特に思うところはありません。

ただの過去です。

以上、終わり。

それよりもギーシュの話のほうが大事ですね。

「本題に戻ろうか。僕としては、ノーザリア大陸の貴族領をまとめる国が必要だと思っている。その役割にふさわしいのが――」

「私の国、つまり、ナイスナー王国だと」

「そんなところかな」

ギーシュは我が意を得たり、とばかりに頷《うなず》きます。

「この一年間、吟遊詩人として各地を回ったけれど、君の国のことは大陸のあちこちで話題になっている。傘下に入りたがっている貴族だって少なくない」

「ムガイ伯爵からも、ナイスナー王国に組み入れてほしい、という話がありました」

「だろうね。他の貴族たちだって似たようなものだよ。今はまだ独立独歩でやっていけるかもしれないけど、将来的にどうなるか分からない。もしもの時に備えて大きなものに寄りかかっておきたい、と考えるのは自然なことだ」

ギーシュはそう言った後、右手の人差し指、中指、薬指、小指の四本を立てて言いました。

「四ヶ月だ。その期間だけ僕をナイスナー王国の外交使節として雇ってくれたら、大陸中の貴族をまとめあげて君にプレゼントしよう。いちおう、コネだけは多いからね」

確かに、ギーシュは王宮にいた時から派閥問わず多くの貴族と親しくしていましたね。

それでいて誰とも敵対しない距離感を保っていたというのは、まさに貴重な才能と呼ぶべきでしょう。

「ギーシュの提案は理解できました。でも、私にプレゼントするのは違うんじゃないですか。ナイスナー王国の国王はお父様ですよ」

「まあ、そこは言葉の綾《あや》ってやつかな。細かいことは気にしないでくれ。……まあ、君が上に立つほうが支持されそうだけどね」

ギーシュはそう言って窓の方に視線を向けます。

その向こうには巨大な世界樹が聳《そび》え立っています。

「王宮にいたころから君は『銀の聖女』として多くの人々に慕われていた。今回のことで君を女神のように崇《あが》める人だって出てくるだろう。実際、やったことは神の御業《みわざ》としか言いようのないものだったからね」

いやいや、さすがにそれはないでしょう。

……とは言い切れませんね。

今回、私は大陸のあちこちで神様としての力を振るいました。

瘴気《しようき》を浄化するだけでなく、枯れた土地を元通りにしたり、病人や怪我人《けがにん》を一瞬で治療したり——。

必要なことだったとはいえ、仮面を被るなりして素性を隠すべきだったかもしれません。

まあ、今更ですが。

「ともあれ、僕は逃げも隠れもしない。アンティールの街に滞在しているから、力が必要ならいつでも声を掛けてくれ。できれば、フォジーク王国の王族として最後の務めを果たさせてくれ。大陸の主としての座を、ナイスナー王国にきっちりと手渡したいんだ」

＊　＊

二年三ヶ月、厳密には二年と九十五日ぶりに会った彼女は、以前よりも綺麗《きれい》になっていた。

そして——

将来、もっと綺麗になることをギーシュは知っていた。

ギーシュ・ディ・スカーレットにとってフローラという女性は、まるで太陽のように眩《まぶ》しい存在だった。

フローラが兄《クロフォード》の婚約者として王宮にやってきたのが七年前のこと、彼女と初めて会った時、ギーシュが受けた印象は「大人しそうな貴族令嬢」というものだった。

だが、そのイメージはすぐにひっくり返されることになる。

フローラは夜型の生活を送っていたクロフォードを毎朝のように叩《たた》き起こし、野菜嫌いを直すために宮廷料理人を巻き込んで騒動を起こし、さらには政務の一部を肩代わりするだけでなく、官僚たちの勤務体系の見直しまで行っていた。

一連の流れを横から眺めていたギーシュは大きな衝撃を受けた。

彼女のどこが「大人しそうな貴族令嬢」なのか。

むしろ、とんだ暴れ馬だ。

「……面白いね」

気が付くと、ギーシュはフローラの姿を探すようになっていた。

笑ったり、驚いたり、喜んだり――。

くるくると表情を変えながら走り回る彼女を眺めていると、自然と笑みが零《こぼ》れていた。

「たぶん、僕はあの子のことが好きなんだろうね」

ギーシュは幼いころから物事を俯瞰的《ふかんてき》に見るクセがあった。

それは第二王子という立場だけでなく、彼の持つ特殊な力も関係しているのだが、ともあれ、ギーシュは自分自身の感情さえも冷静に観察して、フローラに恋心を抱いていることを自覚した。

そして次の瞬間に諦めた。

なにせ相手は兄の婚約者である。

もちろん奪い取るという選択肢もないわけではないが、実行したところで勝算は薄い。

ギーシュの見立てでは、フローラは暴れん坊ではあるが、規則や規律というものを大切にしている。

自由奔放に見えて、その動きは一定の枠を越えないようにしている。

……まあ、うっかり枠を越えてしまう「やらかし」も時々あるのだが、ギーシュにしてみればそれさえも可愛いと感じられた。

いわゆる惚《ほ》れた弱みである。

ともあれ――

ギーシュはわずか数秒で自分の心に整理をつけた。

フローラの隣に並ぶことはできないが、遠くから見守り、必要なら適切な距離から手を差し伸べよう、と。

ところで。

かつてフローラとクロフォードは婚約していたわけだが、フォジーク王家とナイスナー家の婚姻というのはこれが初めてではない。

なにせナイスナー家の始祖、ハルト・ディ・ナイスナーは弟神ガイアスを封印した英雄であり、天才的な魔術師、兼、錬金術師として歴史に名を遺《のこ》す人物である。

その血を王家に組み込むため、フォジーク王家はこれまでに何度もナイスナー家との婚姻を行ってきた。

ギーシュの身体にはわずかながらナイスナー家の、つまりはハルト・ディ・ナイスナーの血が流れている。

それゆえだろうか。

彼には未来視の力が宿っていた。

といっても、それはひどく不完全なものであり、数ヶ月に一度、何年後かも分からない未来の光景がチラリと見えるだけ。

ただ、その力のおかげでギーシュはフォジーク王国がいずれ滅びることを早くから理解していた。

宝探しに熱中していたのは一人で生きていくための技術を磨き、ついでに財貨とコネを手に入れるためだった。

……とはいえ、自分が東の海で遭難し、そのあいだにクロフォードのせいでフォジーク王国が滅びてしまうのは予想外だったが。

「この未来視、肝心なところでポンコツなんだよね」

ギーシュはいつも内心でそう思っている。

だが、人間というものは配られた手札で勝負するしかないのだ。

フローラとの面会を終えた後、ギーシュはそのまま『わるいねこ　アンティールりんじてん』を出た。
「できれば、精霊王にも会ってみたかったんだけどな」
ひとり、小声で呟《つぶや》きながら裏通りを歩き、滞在先の宿へと向かう。
精霊王——リベルの姿は、これまでに何度か未来視のビジョンで目にしている。
ただ、一度でいいから直に会って、言葉を交わし、納得したかった。
想い人《フローラ》を託すのにふさわしい相手かどうか。
「まあ、また機会を改めればいいね」
ギーシュは気持ちに区切りをつけると、自分の仕事について考え始めた。
吟遊詩人は酒場で曲を披露することで金銭を稼ぐ。
今夜、歌い上げるべきテーマは最初から決まっている。
アンティールの街を救ったフローラの活躍だ。
彼女にふさわしい詩と音楽を用意すべきだろう。
せっかくだから、これまで胸に秘めていた思いを歌に乗せてみようか。

＊　＊

ギーシュが去ったあと、私は窓から世界樹を眺めながら考え事をしていました。
各地の貴族領をひとつにまとめる『国』が必要なことは、私も理解しています。

今はまだ平和が保たれていますが、一〇年後、二〇年後には群雄割拠の世の中が訪れるかもしれません。

歴史を振り返ると、フォジーク王国が生まれる以前、大陸の情勢はかなり混沌《こんとん》としたものでした。

ナイスナー王国はリベルや精霊たちがいるから大丈夫でしょうが、それ以外の地域が戦乱の時代に逆戻りする危険性はあります。

さすがに私も、自分の国だけ安全ならそれでいい、というつもりはありません。

もちろん自国の人々のことが最優先ですけど、周辺が荒れていると難民が押し寄せてきたり、物流に問題が出てくる可能性もありますからね。

そもそも、リベルや精霊たちが永遠にナイスナー王国を守ってくれる保証はないわけですし、一〇〇年後、二〇〇年後という範囲で物事を考えるなら、自国だけでなく大陸全体の安定も意識しておきたいところです。

そんなことを考えていると、廊下の方からタタタタタッと駆け足の音が聞こえてきました。

ほどなくして、バーン！　とドアが勢いよく開かれます。

「やっほー。フローラちゃん、おつかれー」

そう言って個室に入ってきたのはテラリス様でした。

表情はにこやかで、いつものように上機嫌そうです。

スタスタとテーブルのところにやってきて、私の向かいに座ります。

「フローラちゃんはもう昼ごはん食べた？　わたしは世界樹のところで食べたよー。ネコ精霊がサンドイッチを持ってきてくれたんだよねー。たまご味！」

「いいですね。私はハンバーグとブロッコリーのカレーでした」

「世界樹カレーだっけ？　話だけはネコ精霊に聞いたよー。おいしかった？」

「ええ。見た目もすごいインパクトでした」

「だよねー。わたしも夜はそれにしよっかなー。てか、フローラちゃん暗くない？　ギーシュって名前の子が来てたらしいけど、もしかして告白されたとか？」

「いやいや、そんなわけないじゃないですか」

何年も行方を晦《くら》ませていた元王子がいきなり素性を明かして告白とか、そんなの恋愛小説の中だけの話でしょう。

「実は……」

別に隠すことでもありませんよね。

私はギーシュとの会話についてテラリス様に伝えます。

「ふむふむ、なるほどねー。てか、フローラちゃんとしてはナイスナー王国が大陸を統一することそのものはノーじゃないんだよね」

「ええ、まあ」

私はテラリス様の言葉に頷《うなず》きます。

神様の力を手に入れてから三日間、大陸のあちこちを飛び回っては瘴気を浄化し、枯れた土地を元通りにしてきたわけですが、そのたびに現地の貴族から言われてはいたんですよね。

できればナイスナー王国の下に付きたい、って。

現実問題として、現在のノーザリア大陸をまとめられるのはナイスナー王国だけだと思うんですよね。

リベルや精霊たちの力を借りれば、たとえ貴族同士の争いが起こったとしても仲裁は簡単だし、いざとなったらニホンゴで言うところの『ケンカリョウセイバイ』も可能です。

あるいは、どこかで災害が起こったとしてもすぐに対応は可能でしょう。

そもそもの話、かつてのフォジーク王国を滅ぼして生まれたのがナイスナー王国なのだから、大陸の主としての座を引き継ぐのは自然な話ではあるんですよね。

ちょっと長くなってしまいましたが、それが私の考えです。

言葉をまとめてテラリス様に話してみると、こんな反応が返ってきました。

「フローラちゃんって、視野が広いし、物事を深く考えられる子だよね。今だって、自分の国のことだけじゃなくて、大陸全体のことを意識して答えを出そうとしてる。それは、大事なことだと思うよ。よしよし」

なで、なで。

テラリス様は椅子から少しだけ腰を浮かせると、右手で私の頭を撫でます。

リベルとは違って、優しく、慈しむような手つきです。

「さて、そんな思慮深いフローラちゃんは何を悩んでいるのかな？　ほらほら、神様に相談してみなよー。すごいアドバイスがもらえるかもしれないよー」

「そこまで大した話じゃないんですけどね」

私はそう前置きしてから、さらに言葉を続けます。

「ナイスナー王国って、まだ生まれて二年も経《た》ってないわけですよね。それなのに、いきなりノーザリア大陸の全部を領土にするのって、なんだか危険だな、って思うんです」

「うんうん。いきなり大きくなった国って、普通はすぐに壊れちゃうよね。そういうの、他の世界でもたくさん見たよー」

「ですよね。私としては、ナイスナー王国もそうなるんじゃないか、って心配でして」

「いやいや、大丈夫だと思うよー」

あっけらかん、とした様子でテラリス様が言いました。

「もともとフォジーク王国って、王家がものすごく頑張ってあちこちを統治していたわけじゃないんだよね？」

「ええ、そうですね」

ギーシュは「フォジーク王国は貴族の寄り合い所帯」なんて言っていましたが、まさにその通りです。

各々の貴族家が自分のやりたいように領地を治めており、王家が横から口を出すことはほとんどありませんでした。

「だったら、ナイスナー王国が上に立っても問題ないんじゃない？　貴族同士で揉《も》めてたり、地震とか洪水とか、そういうトラブルが起こった時だけ出てくればいいだけだし。そんなの、フローラちゃんがリベルと精霊の皆を連れて行ったら一発で解決だよー。今回みたいにね」

「確かに、今はそれで大丈夫だと思います」

私は頷くと、さらに言葉を続けました。

「でも、一〇〇年後、二〇〇年後はどうなんでしょうか。いつまでもリベルや精霊たちがナイスナー王国を守ってくれるとは限りませんよね」

実際、リベルは三〇〇年前の戦いで負った傷が原因でつい最近まで眠っていたわけですし、その影響で精霊たちも力を失っていました。

これから先、同じようなことが起こる危険性はあります。

「なるほどねー。フローラちゃんは視野が広いし、眼に入ったものをきちんと自分の頭で考えられちゃうからこそ、悩んでいるんだね」

「かもしれません」

「よーし、そんなフローラちゃんのために素敵なヒント！　ご先祖様のハルトくんなら、今のフローラちゃんと同じ状況になった時にどうするかな？　ちょっと想像してみて」

ご先祖さまならどうしていたか、ですか。

そうですね……。

私は少し考えてから答えます。

「一〇〇年後、二〇〇年後にどんなことが起こっても大丈夫なように、今のうちから対策を片っ端から用意しておく。……そんなところでしょうか」

んん？

私はそう答えたあと、わずかな引っ掛かりを覚えました。

最近、似たような言葉を誰かから聞いたような——。

「うんうん。さすがフローラちゃん、ご先祖様のことをよく分かってるね」

テラリス様はニコッと笑顔を浮かべながら頷きました。

「というわけで、フローラちゃんも今のうちから対策をたくさん用意しておけばいいんじゃないかな？　もちろん、一人で頑張らなくていいからね。リベルちゃんやノアちゃん、精霊のみんな、お父さん、お兄ちゃん、他にもたくさん力を貸してくれる相手はいるはずだよ。もちろん、わたしのことも忘れないでね」

「神様が協力してくれるのは心強いですね」

「普通ならここまで人界に介入はしないんだけど、この世界はウチの弟《ガイアス》が悪さをしたり、ファールハウトなんて名前の黒幕が手を出してきたり、いろいろとしっちゃかめっちゃかだからねー。アフターケアは必要かな、って。神王様からは怒られちゃうかもしれないけどね」

「その時は一緒に謝りますね」

「ふふっ。フローラちゃんが来てくれるなら安心かな。高位神族の血を引いてるわけだし、神王様もお説教を手加減してくれる……といいなぁ」

テラリス様はクスッと笑いながら祈るように両手を組むと、空を見上げて呟きました。

「ところでフローラちゃん、ものすごく根本的なことを指摘しちゃっていい？」

「なんでしょうか」

「わたしもさっき気付いたんだけど、ナイスナー王国がこれからどうするのか、どうなるのかを決めるのって、フローラちゃんじゃなくてお父さんのグスタフちゃんじゃないかな？　ほら、国王なわけだし」

「もちろん、それは分かってます。ただ、私も王族なわけですし、お父様から意見を訊《き》かれるかもしれませんよね。だから、考えをまとめておくのは必要かな、と思いまして」

「あー、確かにねー。グスタフちゃんのことだし、フローラちゃんとライアスちゃんの話をきっちり聞いてから決めそうだよね」

うんうん、とテラリス様は頷きます。

「だったら、わたしがここでフローラちゃんと喋《しゃべ》ったことも無駄じゃなさそうだねー」

「ええ、そうですよ。テラリス様にはものすごく感謝してますよ。ありがとうございます」

「ふふーん。もっと崇《あが》めるのだー。感謝の気持ちを捧《ささ》げよー」

ははーっ。

おどけた様子のテラリス様に合わせて、私も大仰に頭を下げてみました。

その後、しばらくテラリス様と雑談していたのですが、だんだんと眠気が強くなってきました。

「ふぁ……」

「フローラちゃん、眠そうだね」

「すみません。なんだか瞼《まぶた》が重くて」

「この三日間、ほとんど眠らずに働いてたからじゃない？　そろそろ休んだ方がいいよー。リベルちゃんが戻ってくるまで寝てなよー」

「そうですね。ではお言葉に甘えて……」

私はテラリス様の言葉に頷くと、テーブルにぐでっと突っ伏しました。

あまり行儀がよくないのは分かっていますが、あまりにも眠かったのです。

「フローラちゃん、そんな姿勢で寝たら後がつらいよー」

テラリス様の声が聞こえるものの、私の頭はもうすでに睡眠欲に支配されており、うまく意味を理解できません。

おやすみなさい……。

「もう、仕方ないなあ。ネコ精霊のみんなー、フローラちゃんをいい感じのおふとんに運んであげてー」

＊　＊

すぴー。

はっ。

目を覚ますと、私はベッドに寝かされていました。

視界の左側には窓があって、カーテンの隙間から太陽の光が差し込んでいます。

チュン、チュンと雀《すずめ》の鳴き声も聞こえてきますね。

時間帯としては朝でしょうか。

そんなことを考えながら視線を反対側……右に向けると、こちらを覗《のぞ》き込んでいるリベルと眼が合いました。

「ようやく起きたか、フローラ」

「おはようございます。ええと、いつからそこにいたんですか」

「昨日の夜からだな」

リベルはフッと笑いながら答えました。

「守護者として、汝《なんじ》の寝顔を見守っておったぞ。褒めるがいい」

「ありがとうございます……?」

んん?

これってお礼を言うようなことでしょうか。

というか、昨日の夜からここにいたってことは、一晩中ずっと寝顔を見られていたってことですよね。

……うう。

なんだか恥ずかしくなってきましたよ。

私は布団のすみっこを掴《つか》んで、顔を隠すように引き上げます。

「フローラ、何をしておる。二度寝か」

「そういうわけじゃないです」

「まさか、調子が悪いのか」

リベルは心配そうに眉を寄せると、右手を伸ばして私の額に触れました。

ひんやりとして、心地がいいです。

「熱はなさそうだな」

「ええ、大丈夫ですよ。起きますから、手をどけてもらっていいですか」

「さて、どうするかな」

ぐい。

リベルはちょっと意地悪そうな笑みを浮かべつつ、右手で私の額をかるく押さえます。

「起きられないんですけど」

「神族になっているあいだは忙しくしておったのだ。昼くらいまでは寝ているがいい」

「そのあいだ、リベルはどうするんですか」

「もちろん、守護者としてここにおるぞ。汝の寝顔をさらに観察させてもらおう」

「起きます」

私が身を起こそうとすると、リベルは意外と素直に手をどけてくれました。

うーん。

両手で伸びをします。

着ている服は……パジャマですね。

いつのまに着替えたのか、記憶がまったくありません。

というか、ここはどこなのでしょうか。

リベルに訊《たず》ねてみると、こんな答えが返ってきました。

「テラリスがネコ精霊を呼んで、近くの宿屋に運ばせたのだ」

どうやら私を着替えさせてくれたのもネコ精霊みたいです。

リベルじゃなくてホッとしました。

もしそうだったら、恥ずかしさのあまり死んでしまっていたかもしれません。

ともあれ、状況は理解できました。

他に気になることとしては――

昨日、リベルは五〇〇〇匹のネコ精霊を連れ、魔物の討伐に向かっています。

結果はすでに分かっていますが、一応、確認しておきましょう。

「魔物退治はどうなりましたか」

「もちろん、完遂したとも」

リベルは当然といった様子で答えます。

「世界樹によってすべての瘴気《しょうき》は浄化され、霊脈の修復もなされた。我々のすべきことはすべて終わった、と考えてよいだろう」

「あとはドラッセンに帰るだけ、でしょうか」

「そう言いたいところだが、汝にひとつ伝えねばならんことがある」

おや。

いったい何でしょうか。

「昨日、魔物を討伐するついでに、被害に遭った地の領主たちと話をしてきた。皆、フォジーク王国が崩壊した後の現状に不安を感じておるようだ。もしかするとファールハウトやシークアミルに付け込まれる隙になるかもしれん。今のうちに手を打っておくべきではないか」

確かにそうですね。

実際、シークアミルは人の心の隙に付け込むようなマネを何度か行っていました。

今後も同じような手段で悪事を働く可能性は十分にあります。

「対策というと、やっぱり、ナイスナー王国が大陸を統一することでしょうか」

「……かもしれんな」

リベルはどこか気乗りしない様子で呟《つぶや》きました。

んん？

なんだか変ですね。

普段のリベルだったら、ニヤリと笑いながら「いっそのこと汝が女王になってフローラリア帝国でも作ればよかろう」なんて言い出しそうなものですが、なぜ表情を曇らせているのでしょう。

「リベル。どうかしましたか。何か引っ掛かることでもあるんですか」

「まあ、な」

曖昧に答えると、リベルはそのまま黙り込んでしまいます。

腕を組み、眉を寄せ、言葉に迷っているような雰囲気です。

なんだか気になりますね。

「言いたいことがあるなら、言ってもらって大丈夫ですよ」

「む……」

私の問い掛けに、リベルは少し困ったような表情を浮かべます。

「いや、汝は気にせずともよい。我の考えすぎであろうからな」

「そんなこと言われたら、余計に気になりますよ。リベルは何を言いたかったんだろう、って一晩中考え込んで寝られなくなったらどうするんですか」

「その時はネコ精霊たちを呼んで寝かしつければよい。汝なら五秒もせずに眠るであろう」

うっ。

まったく反論できませんね。

実際、ネコ精霊による睡眠導入の成功率は一〇〇パーセントですし。

「まあいい。我の考えすぎとしても、話しておくことには意味もあろう」

あ、教えてくれるんですね。

「今回、汝は大陸を飛び回り、神族の力によって多くの者たちの危機を救った。さらには世界樹を生み出しておる。テラリスも言っていたが、あの樹木からは豊穣《ほうじょう》の気が発せられ、影響は地の果てまで及ぼうとしておる。病に苦しむ者は減り、地震や旱魃《かんばつ》といった天災もほとんど起こらぬ世の中になるだろう」

「世界樹ってすごいんですね……」

私が素直な感想を口にすると、リベルが右手をポンと私の頭に置きました。

「まるで他人事のように言っておるが、要するに、汝は世界樹を通して世界を変えたのだ。それを前提として、ナイスナー王国が大陸の統一国家となった時のことを考えてみるがいい」

そう言いながら、リベルはいつになく優しげな手つきで私の髪を撫でます。

「おそらく、人族たちは汝に対して多大な期待を寄せるであろう。——自分たちの上にあのフローラリア・ディ・ナイスナーが立つのだから、きっと明るい未来が永遠に続くに違いない、とな」

「なかなかのプレッシャーですね」

「とはいえ、汝はそれで逃げ出すような者ではあるまい。むしろ人族たちの期待に応えようとするだろう。ただ、そのせいで無理を重ねて倒れてしまうのではないか。我としては気掛かりなのだ」

「だから、浮かない顔をしていたんですね」

「……うむ」

リベルは口を真一文字に結んで頷《うなず》きました。

「ゆえに、我としてはナイスナー王国が大陸を統一することに強く賛成できん。汝の負担を考えると、どうしてもな」

「リベルの考えは分かりました。私のこと、心配してくれてるんですね」

私は頷くと、ちょっと冗談めかした口調でさらに言葉を続けます。

「でも、わりと今更なところもありますよね」

「どういうことだ」

「だってほら、私が神様になる時、リベルもあんまり反対しなかったじゃないですか。むしろ乗り気だったような」

「否定はせん」

リベルは目を伏せながら、小さく首を縦に振りました。

「神族になるということは、つまり、我に近い存在になるということだからな。多少なりとも喜ばしく感じていたのは事実だ」

んん？

私がリベルに近い存在になることが、どうしてリベルの喜びに繋《つな》がるのでしょう。

なんだか不思議ですね。

ただ、詳しく尋ねていると話が横道に逸《そ》れてしまいそうなので、ひとまず後回しにしておきましょう。

私は内心でそう結論付けると、リベルに向かって告げます。

「ともあれ、リベルが私を気遣ってくれているのはちゃんと伝わってますよ。ただ、この大陸に統一国家が必要なのは確かですし、それを実現できるのはナイスナー王国だけですよね。確かに私の苦労も増えちゃいますけど、リベルが守護者として支えてくれたら何とかなるんじゃないかな、って思ってます。頼りにしてますよ」

「そう言われてしまっては、止めることはできんな」

リベルはフッと嬉《うれ》しそうに笑みを浮かべました。

「よかろう。ならば我も全力で手を貸すとしよう」

「ええ、よろしくお願いしますね」

といっても、ナイスナー王国の今後については私の一存じゃ決められません。

この三日間のことについても報告が必要ですし、お父様やライアス兄様と話す機会を作りましょうか。


というわけで、その日の昼過ぎに《ネコリモート》を使って家族会議を行うことになりました。

わざわざ予定を空けてくれたお父様とライアス兄様には感謝するばかりです。

二人は屋敷の別々の部屋から、私は『わるいねこ　アンティールりんじてん』の個室に場所を移して会議に参加しています。

お互い、別々の場所にいても話し合いができるのは便利ですよね。

現在、私のいる個室にはミケーネさんとローゼクリスの姿があり、《ネコリモート》を維持してくれています。

すぐ近くには、お父様とライアス兄様の姿が半透明の像として映し出されていました。

「フローラ、色々と大変だったな」

ライアス兄様が気遣うように声を掛けてきます。

私が神様になった後、ライアス兄様には首都《ハルスタット》の屋敷に戻ってもらいました。

魔物との連戦が待っているわけですし、そんな危険な場所まで一国の王子を連れていくわけにはいきませんからね。

まあ、私も王女ではあるのですが、神様になっていたのでセーフということで。

それはさておき、キャンプでの出来事についてはライアス兄様が事前にお父様に説明してくれていたらしく、私から報告すべきことは少なくて済みました。

とはいえ、世界樹のことはお父様もライアス兄様も知らなかったので、《ネコリモート》の機能で世界樹の映像を添えつつ、説明を行うことになりました。

二人の反応は、というと――

「今までにも現実離れした出来事は何度もあったが、今回はとびきりだ。……にわかには信じられん。だが、フローラが言うからにはこれも現実なのだろう」

「神様の力を手に入れたってのは知ってたが、まさかここまでスケールがデカいなんて思ってなかったぜ」

お父様もライアス兄様も、予想外、といった様子で目を丸くしています。

ふふん。

いい気分です。

親しい相手をビックリさせるのって、楽しいですよね。

さて。

本題はここからですね。

私たちの国のこれからについて。

私はまず、ムガイ伯爵を始めとして多くの貴族たちがナイスナー王国の傘下に入ることを望んでいる、とお父様に伝えました。

「その件ならば、わたしも把握している」

おや。

お父様から返ってきたのは、意外な言葉でした。

「フローラにはまだ話していなかったが、以前より、各地の貴族がナイスナー王国の庇護《ひご》を求め、水面下で打診してきていた。とはいえ、我が国はまだ生まれたばかりだ。国土を急に広げるのはリスクが高い。ゆえに、返事を延ばし延ばしにしていた」

「確かに親父《おやじ》の言う通りだよな」

ライアス兄様は一度頷いたあと、けれど、と続けました。

「いつまでも返事を待たせるわけにはいかないよな」

「もちろんだ。ナイスナー王国は、大陸を統一していたフォジーク王国を滅ぼして生まれた。であれば、滅ぼした側の責任として、大陸の今後を背負うべきだろう。わたしはそう考えている」

お父様はそう言ったあと、私とライアス兄様にそれぞれ視線を向けて問いかけてきます。

「フローラ、ライアス。二人はどう思う。次代のナイスナー王国を担うのは、おまえたちだ。意見を聞かせてほしい」

「俺としちゃ、大陸を統一すること自体に異論はないさ。フォジーク王国から『役立たず』なんて言われたナイスナー辺境伯家が独立して、ついには大陸の王になっちまうわけだ。なかなかロマンがあっていいじゃねえか」

ライアス兄様はニヤッと勝気な笑みを浮かべました。

「ただ、トップに立つんだったら傘下の貴族たちの面倒はきっちり見てやりたい。そのためにはリベルや精霊たちの協力は必須だ。つーわけで、後はフローラ次第ってところだな」

「どうしてそこで私の名前が出てくるんですか」

「フローラがやるって言えば、リベルたちは力を貸してくれるだろうしな。もちろん、統一に反対なら遠慮なく言ってくれ。兄貴として、妹の意思は最優先だ」

「国のことに兄妹を持ち出すのはどうかと思いますよ」

私はライアス兄様を窘《たしな》めつつ、お父様に向かって告げます。

「そもそも統一に反対なら、この話題を出したりはしません。私は賛成ですよ」

「ならば、結論は出たな」

私たちの話をまとめるように、お父様が言い切りました。

「我々の国が、ノーザリア大陸の上に立つ。今後はその方向で動くとしよう」

幕間《まくあい》　親子の語らい

「――それでは今日はここまでとしよう。フローラもまだ疲れが残っているだろう。ゆっくり休むといい」

フローラの父、グスタフは最後にそう言って《ネコリモート》を終えた。

魔力による立体映像として映し出されていた娘と息子……フローラとライアスの姿がスッと消える。

「フローラさまのおとうさん、おつかれさまー」

声を発したのは『中継役』としてグスタフの執務室に来ていたネコ精霊だった。

《ネコリモート》の発動自体はミケーネとローゼクリスによって行われるが、音声や映像などを相互にやりとりするためには他のネコ精霊も必要となる。

「ご苦労だった。感謝する」

グスタフはネコ精霊に礼を述べると、執務机の引き出しを開け、そこにあらかじめ入れておいた小皿を取り出した。

小皿の上にはこんがりと焼き色のついたクッキーが十五枚ほど置かれている。

「ささやかながら報酬を用意した。よければ食べてほしい」

「わーい！　おとうさん、ありがとう！」

ネコ精霊は喜びの声を上げると、グスタフのもとに駆け寄る。

その勢いのままピョンと膝に飛び乗り、小皿のクッキーに手を伸ばした。

「いただきまーす！　もぐもぐ」

「味は、どうだろうか」

「ひょっとはっへへ《ちょっとまってね》」

ネコ精霊はクッキーをよく噛《か》んで飲み込むと、グスタフを見上げて告げる。

「さくさくでおいしかったよ！　いいかんじ！　だれがやいてくれたのかな」

「わたしだ」

「えっ！　おとうさん、くっきーやけるの？　おうさまなのに？」

「ああ。国王であろうとクッキーは焼けるとも」

グスタフはフッと笑いつつ、ネコ精霊の頭を撫でる。

そういえば――

一〇年ほど昔のことになるが、幼いフローラを膝に乗せて、手作りのクッキーを食べさせたことがあった。

『おとうさま、クッキー焼けるんですか？　領主なのに？』

当時のフローラはそんなことを言いながら目を丸くしていた。

グスタフは懐かしい気持ちを覚えつつ、自分の焼いたクッキーを摘まむ。

カリッ。

ザク、ザク。

やや固めの歯応えのあとに、濃厚なバターの香りが漂い、砂糖の甘みが口の中に広がる。

「……うまいな」

今回のレシピは、亡き妻であるアセリアの好みに合わせたものだ。

一〇年前はまだ彼女も生きていたし、フローラも幼い子供だった。

あのころに比べると、何もかもが変わってしまった。

ナイスナー辺境伯領が国として独立するとは、ましてやノーザリア大陸を統一するなど、いったい誰が予想できただろうか。

振り返ってみると、その変化の中心にはいつも愛娘《まなむすめ》の姿があった。

フローラは「私は小さいころから落ち着きのある性格でしたよ」などと言っており、本気でそう信じ込んでいるようだが、グスタフとしては全力で異を唱えたい。

彼女は昔からずっと、突飛な発想と行動力でまわりを振り回してきた。

グスタフも巻き込まれることが多かったものの、内心では楽しんでいたし、次は何をしてくれるのかと期待していたところもある。

とはいえ、今回はさすがに予想外だった。

いや、もはや理解を超えている、と言ってもいい。

一時的なものとはいえフローラが神族となった、というだけでも驚きだが、世界樹の映像を目にした時には目を疑った。

天を貫くほどの巨大な樹木——。

存在だけでも常識外れだというのに、しかも、それを生み出したのはフローラだという。

話を聞いた時には、さすがのグスタフも戸惑わずにはいられなかった。

それでもなんとか冷静さを保つことができたのは、愛娘の前でうろたえている姿は見せられないという父親の矜持《きょうじ》ゆえのものである。

地位を問わず、父親というものは娘にとって格好いい存在でありたいのだ。

その観点からすると、今日の自分の態度は合格点だろう……などとグスタフが内心で振り返っていると、コンコン、と執務室のドアがノックされた。

「親父、今いいか？」

「ああ」

グスタフが短く答えると、ドアがガチャリと開き、その向こうからライアスが姿を現した。

「《ネコリモート》お疲れさん。なんつーか、大変なことになったな」

「まったくだ。クッキーを焼いたが、おまえもどうだ」

「おっ、ラッキー。ちょうど小腹が空《す》いてたんだよな」

ライアスはそう答えると、執務机のところにやってくる。

小皿の上にあったクッキーを一枚、右手で摘まむと自分の口に放り込んだ。

ばりばり、ごくん。

クッキーを飲み込むと、ライアスはニッと笑みを浮かべる。

「うまかったぜ。親父、やっぱり菓子を作るの上手だな。国王直営で菓子屋を開いてもいいんじゃねえか」

「検討しておこう」

グスタフとしては、もちろん検討するつもりなどない。

あくまで相槌《あいづち》として述べたに過ぎなかったが、しかし、グスタフの膝上で撫でられるままになっていたネコ精霊はしっかりと聞き耳を立てており、しかも言葉の内容を本気で受け取っていた。

――そっか！　フローラさまのおとうさんはおかしやさんをやりたいんだね！

この話がネコ精霊のあいだに広まった結果、最終的に『国王直営の菓子店』がオープンするのだが、それはまた別の話だろう。

「ところでライアス、何の用だ」

「用事ってほどのものじゃないさ。ただ、この先のことについて親父と目線を合わせておきたかったんだよ」

ライアスはそう言いながら、執務室の窓の外へと視線を向ける。

その向こうには首都ハルスタットの街並みが広がっていた。

「ナイスナー王国がこの大陸を統一する。そのことに文句はないさ。ただ、実際にやるとなったら大仕事だぜ。そもそも親父としては、何をどうすれば大陸を統一したことになる、って考えてるんだ？」

「大陸の貴族すべてがナイスナー家に忠誠を誓ったなら、それは大陸を統一したと言えるだろう」

ただ、とグスタフは続ける。

「今回、大陸全土を襲った異変を解決したのはフローラだ。以前から《銀の聖女》として人々の支持を集めていたことも考えるなら、いっそフローラを女王に据えてしまったほうがうまくいくかもしれん」

「俺も同じ意見だ。けど、それはそれで問題があるんだよな」

ライアスはそう言いながら、困り顔を浮かべてグスタフのほうを振り返る。

「フローラの負担がデカくなりすぎないか」

「その通りだ」

グスタフは膝上のネコ精霊を撫でると、深く頷いた。

「フローラは責任感が強すぎる。もし、国の頂点に立ったとすれば、国の隅々まで目を配ろうとするだろう」

「どう考えても過労で倒れるよな」

ライアスは肩を竦《すく》めながら呟いた。

「大切な妹がそんなことになるのは、兄貴としちゃ許せねえ」

「父親としても認められん、ゆえに、国王はわたしがこのまま続ける。跡継ぎはおまえだ、ライアス」

「そいつはどうも」

「大陸の王となれるというのに、あまり嬉しそうではないな」

「親父もだろ。正直、めんどくさいってのが本音だよ」

ライアスは苦笑しながら答える。

「とはいえ、フォジーク王国をぶっ潰したのは俺たちナイスナー家だ。だったら、アフターケアは引き受けないとな。『報復と後片付けは最後まできっちりと』ってご先祖さんも手記に書いてるぜ」

「まるでフローラみたいなことを言うのだな」

「俺も、ちょっとはご先祖さんに興味が湧いてきたんだよ。もしかしたら国王になったとき、役に立つかもしれないしな。いろいろためになることが書いてあるぜ、あれ」

「知っているとも。あの手記ならば若いころにすべて読んでいる。……内容は、すこし朧《おぼろ》げになっているがな」

「だったら読み直してもいいんじゃねえか」

「かもしれん。とはいえ、今はまず大陸の統一だ。テラリス様やリベル殿、イズナ殿の知恵を借りつつ、ひとつひとつ進めていくべきだろう。これから忙しくなるぞ」

「望むところだ。今回はフローラにばっかり苦労を押し付けちまったからな。そのぶん、真面目に働くさ」

ライアスはニヤリと笑みを浮かべた。

「俺が本気を出せば、何もかもまるっと半年で終わる。たぶんな」

第三章　半年が経ちました！　あれっ、意識が……

お久しぶりです、フローラです。

いいですか、落ち着いて聞いてください。

あれから半年が経ちました。

今は十二月、年の暮れです。

どうしてこんなに期間が空いたのかといえば、事件らしい事件もなく、平和な日々が続いていたからですね。

とはいえ暇だったわけではありません。

大陸統一のための準備をいろいろと進めており、今日の式典をもってノーザリア大陸に存在するすべての貴族家がナイスナー王国に組み込まれることになっています。

「たった半年で統一の準備が整うなんて、正直、ビックリです」

「それもフローラ様の活躍と人望あってのことでしょう。ワタシはそう思っております」

おっと。

考えがうっかり口に出ていました。

反応してくれたのはイズナさんですね。

現在、私は大陸統一の式典──『統一式』に出席するため、首都ハルスタットにあるナイスナー家の屋敷に戻っています。

もうすぐ迎えの馬車が来るので、それまでイズナさんに話し相手になってもらいながら、自分の部屋で寛《くつろ》いでいました。

窓の外に眼を向ければ、首都の南側に新たに建設された大きな宮殿が視界に入ってきます。

ナイスナー王国はこれまで王宮らしい王宮を持っていませんでしたが、このままでは貴族たちのトップに立つ存在として格好がつかないため、ネコ精霊たちを総動員しての大工事を行いました。

そうして完成したのが、このハルトリア宮殿です。

命名をテラリス様にお願いしたところ、ご先祖さまの名前にちなんだ形で付けてくれました。

首都がハルスタットで、宮殿がハルトリア。

覚えやすくていいですね。

敷地面積としては中規模の街がそのまま入ってしまうほどで、宮殿そのものは左右対称の形で五階建てとなっており、四季折々の花が咲く広大な噴水庭園が併設されています。

ノーザリア大陸だけでなく、南のサウザリア大陸を含めてもここまで大きな宮殿は存在しないでしょう。

今日の式典が終われば、お父様やライアス兄様はハルトリア宮殿に住まいを移すことになっています。

もちろん私の部屋もありますよ。

まあ、式典が終わったらいったんドラッセンの街に戻りますけどね。

この半年間は統一に関する仕事が多く、首都ハルスタットでお父様やライアス兄様の手伝いをしつつ、大陸のあちこちを飛び回っていました。

ドラッセンの運営については庁舎の文官さんたちに任せきりでしたから、そろそろ顔を出すべきでしょう。

あと、温泉にも入りたいですね。

ゆっくりと湯船に漬かりながら心と身体を休める――。

このところ働きづめでしたから、一ヶ月くらいはのんびり過ごしてもいいでしょう。

とはいえ私のことですから、三日も休めば身体がソワソワして、庁舎に行ってしまいそうですけどね。

「フローラ様、迎えが来たようです」

おっと。

ぼんやりと考え事をしていると、イズナさんが声を掛けてきます。

どうやら出発の時間みたいですね。

最後に一度だけ、自分の部屋をじっくりと見回します。

なにせ、今日でこの屋敷とはお別れですからね。

しっかりと眼に焼き付けておきましょう。

……よし。

「行きましょうか」

「承知しました。それでは参りましょう」


使用人さんたちに見送られながら屋敷を出ると、そこには迎えの馬車が止まっていました。

形状としては箱型で、窓から外が覗《のぞ》けるようになっています。

馬車の前面、本来なら馬がいるはずの場所にはタヌキさんの姿がありました。

「タヌキさん、馬はどこにいっちゃったんですか」

「たべたよー」

「えっ」

「うそだよー」

もう、ビックリさせないでください。

あまりにも予想外の返事だったので、心臓が飛び出しそうになりました。

「今日はぼくが馬車をひくよー。たいせつなやくめー」

タヌキさんはそう言うと、ふんす、と両腕を掲げます。

「たぬき、こたぬき、おおたぬきー。これからぼくはおおたぬきー」

詠唱を終えると同時に、タヌキさんの身体がヌヌーンと大きくなり、もともとの五倍ほどのサイズになりました。

身長としては私の二倍以上、横幅は五倍以上でしょうか。

もこもこの毛並みと、ぽよぽよのお腹《なか》がキュートです。

ちょっと抱き着いてみたい衝動に駆られますが、ひとまずガマンしましょう。

私はイズナさんにエスコートされながら馬車に乗り込みます。

「リベルやテラリス様は宮殿ですか」

「はい。先に到着して、フローラ様がいらっしゃるのを待ってらっしゃいます」

昨日は用事があるとかで、二人とはずっと別行動だったんですよね。

テラリス様はわりと自由にあちこちを歩き回っているのでさておき、この半年間もリベルは基本的に私の近くにいましたから、一日まるっと顔を合わせないままというのは珍しい状況だったりします。

ちょっとだけ寂しい気持ちもありますが、それも宮殿に着くまでの話でしょう。

ほどなくして馬車が動き始めました。

……タヌキさんが引いているので、タヌ車、あるいはタヌキ車と呼ぶべきなのかもしれませんが、分かりにくいのでこのまま馬車と呼びましょうか。

馬車はゆっくりと屋敷の庭園を抜け、正門を潜って街の通りに出ました。

直後、周囲からワッと歓声が聞こえました。

「フローラリア様が出てきたぞ！」

「統一おめでとうございます！」

「うちの街を守ってくれてありがとうございました！　半年前のご恩、絶対に忘れません！」

窓の外に視線を向ければ、街の通りは出待ちの人々でぎゅうぎゅう詰めになっていました。

ひえええええっ。

まだ式典は始まっていないのに、皆、どうしてこんなに盛り上がっているのでしょう。

私は驚きつつも、馬車の中から手を振ります。

すると、さらに歓声が大きくなりました。

「フローラリア様が俺に手を振ってくれたぞ！」

「いいえ、わたしよ！」

「キャー！　こっちに視線くださーい！」

……と言われても、こっちとはどっちなのでしょう。

よく分からないので、四方八方に視線を飛ばしておきます。

なお、馬車の周囲にはたくさんのネコ精霊たちが付き添っており、人々が近付きすぎないようにしっかりガードしてくれています。

「まえにですぎるとあぶないよー。きをつけてね！」

「まなーをまもって、おみおくりくださーい！」

「いうことをきかないこは、まちからほうりだすよー。ぽいぽい！」

ぽいぽい。

なんだか可愛《かわい》らしい擬音ですね。

私はクスッと笑いつつ、通りに集まった人々の顔をひとつひとつチェックします。

今日の式典に、ファールハウトやシークアミルが手を出してくる可能性は十分ありますからね。

怪しい人がいないか、ちゃんとチェックしておきましょう。

よし。

今のところは大丈夫そうですね。

とはいえ世の中、何があるか分かりませんから油断せずに行きましょう。

「ふぁ……」

おおっと。

あくびが出てしまいました。

昨日はよく寝たんですけどね。

最近は忙しかったので、疲れが溜《た》まっているのかもしれません。

時々、昼間でも眠気が襲ってくることがありますし、足元がフワフワして転びかけることも増えています。

まあ、今日の式典が終われば休めますので、もうひと踏ん張りです。

宮殿に到着した後、私はイズナさんに案内され、三階にある控室に向かいます。

控室に入ってみると、ネコ精霊たちが二十匹ほど、化粧道具やドレスなどを持って私のことを待ち受けていました。

「ようこそ、ねこのどれすあっぷるーむへ！」

「しきてんにそなえて、おめかしするよ！」

「かわいさひゃくばい！　うつくしさひゃくばい！　あわせてひゃくおくばいのびゅーてぃふるをぷれぜんと！」

百倍と百倍を足したら二百倍、掛け算をしても一万倍ですし、百億倍にはならないような……。

私が考え込んだ瞬間、ネコ精霊たちがワッと飛び掛かってきました。

ひょえええええっ⁉

いきなりのことに驚いていると、ネコ精霊たちは一瞬のうちに私の化粧を済ませ、さらにドレス姿に着替えさせていました。

「フローラさまはぶるべふゆなので、それにあわせためいくにしました！」

「どれすはふりるいっぱい、おひめさまっぽくしてみたよ！」

「これならおうさまも、どきっとすることまちがいなし！」

んん？

なぜリベルの話が出てくるのでしょう。

私は首を傾《かし》げつつ、控室の奥に設置されている大きな鏡を覗き込みます。

「わっ……！」

思わず、声を上げていました。

鏡に映った私の姿は、普段とはまるで別人のようでした。

目元はぱっちり、薄紅色のつけまつげが目力をグンと強めてくれています。

チークは鮮やかな桃色が塗《まぶ》され、健康的で立体感のある顔立ちになっていますね。

ドレスは銀色を基調として、フリルをふんだんに使った可愛らしいデザインでした。

着替えを終えての感想としては、まるで絵本の国の王女様が抜け出してきたみたい、といったところでしょうか。

うん。

めちゃめちゃいいですね。

私の趣味に合っています。

肖像画として残しておいてほしいレベルです。

「フローラ様、よくお似合いですね」

部屋のドア近くに控えていたイズナさんが声を掛けてきます。

「今日の式典に来る者たちは、きっとフローラ様から眼を離せなくなるでしょう」

「それはそれで困っちゃいますね」

私はクスッと笑いながら答えます。

式典には私の出番もありますが、主役はあくまで国王のお父様ですからね。

まあ、予想外の事件でも起こらないかぎり、私に注目が集まることはないでしょう。

そんなことを考えつつ、鏡に映った自分の姿を眺めてニマニマしていると、足元でネコ精霊たちが言いました。

「じつは、まだおきがえのたーんはおわっていないのです！」

「さいごのしあげ！　あたまにかざりをのせたいな！」

「おうさまが、てんてるのかんむりをもってくるよ！」

てんてる？

ああ、天照《てんしょう》の冠のことですね。

確かにこの服装には似合いそう……などと考えていると、コンコン、とドアがノックされました。

「フローラ。着替えは終わったか」

リベルの声ですね。

私が「どうぞ」と答えると、イズナさんがドアを開けてくれます。

その向こうには、リベルが立っていた……のですが、私の姿を目にするなり、ピタリ、と動きが止まってしまいました。

あれ？

「リベル、どうしましたか」

反応がありませんね。

「もしかして服、変でしたか」

「……いや。そうではない」

リベルは我に返ったように何度か瞬《まばた》きすると、首を横に振りました。

「今日の汝《なんじ》は、一段と可愛らしい。思わず見惚《みと》れておった。……このまま我の宝物庫に入れてしまいたいくらいだ」

そんなことを口にすると、私のことを見つめてきます。

うう。

なんだか恥ずかしくなってきましたよ。

「て、天照の冠を持ってきてくれたんじゃないんですか」

身の置き所がないような感覚に耐えかねて、私は口を開きました。

「式典までそんなに時間もありませんし、早く出してください」

「まあ待て。もうしばらく愛《め》でさせるがいい。昨日はずっと離れ離れになっておったのだからな」

リベルはそんなことを言いながら私のところにやってくると、わしゃわしゃと髪を撫《な》でてきます。

あわわわわ。

くすぐったくて気持ちいいですけど、私の心臓は大暴れしています。

このままだと発作を起こして倒れてしまうかもしれません。

「「「あー！」」」

えっ？

ネコ精霊たちの大声で、私は我に返りました。

いったい何があったのでしょう。

「せっかく、かみをせっとしたのに！」

「このろうぜき、おうさまでもゆるさないぞー！」

「わしゃわしゃされるがわのきもちをりかいするがいいー！」

部屋にいたネコ精霊たちが、一斉にリベルへと飛び掛かります。

「くっ、何をする。やめるがいい！」

「やめないぞー！」

「はんらんだー！」

「きょうからふろーらさまがせいれいのおうさまだー！」

いやいや、ちょっと待ってください。

今日の式典にはリベルも精霊王として出席しますから、このタイミングで王様が交代になるのは困ります。

……って、そうじゃなくて。

「ネコ精霊のみなさん、ストップ！　ストップです！　リベルも悪気があったわけじゃないんですから許してあげてください」

「しかたないなー」

「きょうはこれくらいにしておいてやるぜー」

「ふろーらさまのかみをなおすよー」

ネコ精霊たちは渋々といった様子でリベルから離れると、私のところに戻り、くしゃくしゃになった髪を直してくれます。

「リベル、大丈夫ですか」

「まさかネコ精霊が我に逆らうとはな。こんなことは初めて……というわけでもないか」

確かにそうですね。

ネコ精霊たちはリベルのことを王様と認識してはいるものの、絶対服従といった雰囲気ではないんですよね。

それこそ、かつてのフォジーク王国における、王族と各地の貴族家の関係に似ています。

トップとして上に立ち、異変が起これば矢面に立って対応するけれど、普段はあまり口出しをせずに遠くから見守る……みたいな。

まあ、余談はさておき――。

「天照の冠を被《かぶ》せてもらっていいですか」

「分かっておるとも。今、宝物庫を開く。そう急《せ》かすな」

リベルはそう答えながら虚空に右手を差し伸べます。

空間がフニャリと歪《ゆが》み、その向こうから天照の冠を取り出しました。

冠はいつもより神々しく輝いているようにも見えます。

まあ、気のせいかもしれませんけどね。

リベルは冠を両手で持ち直すと、そっと私の頭に載せてくれました。

「うむ。先程までのフローラもなかなかのものだったか、今はさらに可愛らしくなったたな」

「ありがとうございます。……なんだか、今日はべた褒めですね」

「そうか？」

「そうですよ」

私はリベルの言葉に頷くと、冗談っぽく尋ねます。

「もしかして、昨日ずっと会えなかったのが寂しかったんですか」

「かもしれん。どうにも、今日は汝を愛でずにはいられん」

えっ。

そういうわけではない、みたいな返事が来ることを予想していたので少しびっくり……というか、ドキッとしました。

リベルも照れているらしく、言葉の続きもなく黙ったままになっています。

ええと。

なんでしょうか、この空気。

甘酸っぱくて心地いいような、けれどもこそばゆくて逃げ出したくなるような……。

私はどうすればいいのでしょう。

ご先祖さまの手記を思い返してみても、今の場面に役立ちそうな言葉はありません。

「……柄にもないことを言ってしまった。忘れるがいい」

沈黙に耐えかねたのか、ふい、と視線を逸《そ》らしながらリベルが呟《つぶや》きます。

「わ、分かりました」

私はそう答えたものの、うまく会話を続けることができません。

どうしたものかと困っていると、部屋の隅に控えていたイズナさんが苦笑しながら口を開きました。

「フローラ様、リベル様。そろそろ式典の時間ですし、最後に一度、式の進行について確認しておいたほうがよいかと思います。いかがでしょうか」

渡りに船とはまさにこのことでしょう。

イズナさん、ナイスな提案です。

あとで油揚げをプレゼントしますね。


式の進行について確認しているうちに、私とリベルのあいだに漂う空気はいつもどおりのものに戻っていました。

「式そのものは庭園で行い、《ネコチューブ》で各地に映像と音声を届けるわけだな」

「大陸統一の式典ですからね。さすがに大陸すべての人をここに集めるのは無理ですけど、映像を見てもらえば、式典に参加しているような気分になれるかな、と」

「面白い試みだ。式のあとはパレードか」

「リベル、サボらないでくださいね」

「分かっておるとも。汝こそ、やらかさぬように気を付けることだ。ククッ」

おっ。

リベルの「ククッ」、久しぶりに聞いた気がしますね。

少なくとも今日はこれが初めてでしょう。

どうやら普段のペースが戻ってきたようです。

私のほうも心臓の鼓動がだんだんと落ち着いてきました。

実務的な話をしていたおかげでしょう。

「式の進行については以上です。フローラ様、リベル様、何か質問はありますか」

イズナさんの問い掛けに、私もリベルも揃《そろ》って問題ない、と答えました。

……おや。

部屋にいるネコ精霊たちが、何か話をしていますね。

「しきのしんこうって、なんだかけっこんしきみたいだねー」

「わかるー」

「はっぴばーすでーとぅーゆー」

それは誕生日の歌ではないでしょうか……というツッコミはさておき、結婚式といえばニュースがひとつあります。

ライアス兄様に縁談が持ち上がっているんですよね。

相手は私のよく知る女性なので、私としてはなんだか不思議な気持ちだったりします。

まあ、縁談のひとつとして存在している、程度のもので、結婚が決まったわけじゃないんですけどね。

式典が終われば時間もできるので、お互いにどう思っているのか聞いてみたいところです。

＊　＊

式についての確認を終えたところで、私たちはイズナさんに案内されてハルトリア宮殿の庭園へ向かうことになりました。

庭園にはネコ精霊たちが組み上げたステージが設置されており、観覧席はすでに招待客の皆さんでいっぱいになっていました。

「随分と多いな」

最前列に用意された席に到着したところで、周囲を見回しながらリベルが呟きます。

「確か、この大陸の貴族たちがすべて集まっておるのだったか」

「基本的には当主さんとその家族だけですね」

分家筋の方々まで呼んじゃったら、さすがに庭園がパンクしちゃいます。

招待客としては他にも、テラリス教の教皇猊下《げいか》や枢機卿《すうききょう》の方々、さらにナイスナー王国と外交関係を結んでいる他国の要人さんたちなど、錚々《そうそう》たる顔ぶれが並んでいます。

あ、そうそう。

半年前までナイスナー王国はカルナバル皇国としか正式な外交ルートを持っていなかったのですが、大陸統一に向けて本格的に動き始めたことがきっかけになり、あちこちの国から外交関係の打診が来るようになりました。

ナイスナー王国がノーザリア大陸の外に打って出るかもしれない、みたいな危機感があってのことでしょう。

他国の腹の内はともかくとして、平和ならそれが一番だと思います。

まあ、もしも戦争になっちゃったらネコ精霊の皆さんを率いて、その国の人をみんなモフモフすれば解決しそうですけどね。

さて。

いつもならここでトラブルが起こるところですが、幸い、何事もなく統一式が始まりました。

式の内容を簡単に述べると、フォジーク王国の消滅を明確にし、その上で貴族家の当主たちがナイスナー王国の国王であるお父様に対して忠誠を誓う、といったところでしょうか。

「我がフォジーク王国はその末期において、大陸の王たる責務を放り出し、私利私欲に溺れていた。ゆえに崩壊は必然だった、と自分は考えています」

壇上でそう語るのは、フォジーク王国の代表者として式に参加している元第二王子のギーシュです。

その真摯で引き締まった顔つきと誠実さを窺わせる言葉遣いに、貴族たちは皆、驚きの表情を浮かべています。

ビックリする気持ちは分かりますよ。

元々、ギーシュは「放蕩《ほうとう》王子」として有名でしたからね。

それが表向きの演技に過ぎないと知っていたのは、たぶん、ごく少数の人だけでしょう。

ちなみに私はその少数なので、あんまり驚いていません。

ただ、ギーシュが初めて王子らしい態度を取ったのは国が滅びた後だった、というのはなんだかもったいないようにも感じられます。

とはいえ、クロフォードとの継承争いを避けるには仕方のないことだったのでしょう。

私がそんなことを考えているあいだにも、ギーシュの話は続きます。

「本日、自分がこうして式典に出席させていただいたのは、フォジーク王国の滅亡を宣言するためです。もはやフォジーク王国はどこにも存在しない。そのことをしっかりと心に刻んでいただければ幸いです」

自分の国が滅びたことを大勢の前で語るのは、いったいどんな気持ちなのでしょうか。

私には想像できませんが、少なくとも、ギーシュの顔はすっきりと晴れやかなものでした。

彼の出番が終わると、続いて壇上にはお父様と、貴族家の当主たちが姿を現しました。

貴族家の代表にはシスティーナ伯爵が選ばれており、フォジーク王国に代わって自分たちをまとめてくれる存在を求めている、という旨の口上を述べます。

「ナイスナー王国国王、グスタフ殿。この大陸を統べるのにふさわしいのは貴方様《あなた》の他におりません。どうか我々の上に立ち、守り、導いていただきたい」

システィーナ伯爵がそう言って跪《ひざまず》くと、他の貴族たちも一斉にその場に膝を突きました。

「承知した。不肖の身であるが、大陸の王としての責務を担ってみせよう」

お父様は堂々たる威厳を滲《にじ》ませながら、貴族たちにそう告げます。

ここで拍手するんですよね。

私がパチパチと手を鳴らすと、それがきっかけになって観覧席から無数の拍手が巻き起こりました。

それが落ち着いたところで教皇猊下が祝辞を述べ、万事、滞りなく式典は終了しました。


式典の後はパレードです。

私はリベルとともに、城門近くに止めてある馬車に乗り込みました。

形状は天蓋付きのオープン型で、周囲の景色もよく見えますね。

馬車は他にもたくさん並んでおり、お父様やライアス兄様のほか、各地の貴族家の当主たちや教皇猊下、枢機卿の皆さんも乗り込んでいます。

ここにネコ精霊たちも音楽隊として加わり、ハルスタットの街をぐるりと一周することになっています。

「今のところ、ファールハウトやシークアミルの妨害はなさそうですね」

「恐ろしいくらいに順調だな。だが、警戒はしておくべきであろう」

「もちろんです。相手の力は未知数ですもんね」

私とリベルは小声でそんな会話を交わします。

今日の式典やパレードに、テラリス様は参加していません。

何をしているのかといえば、この半年間で回復してきた神力を使い、首都ハルスタットを包むように守護の結界を張り巡らせてくれています。

結界そのものは目に見えませんが、ファールハウトたちの干渉をかなりの確率で阻むことができるようです。

——フローラちゃんが生み出した世界樹のおかげで、わたしの神力、前より強くなってるんだよねー。

二日前、最後に会った時にテラリス様がそんなことを言っていました。

ご存じとは思いますが、世界樹というのは大陸東部にある、天に届くほどの巨大な樹木のことですね。

瘴気《しょうき》の浄化や霊脈の修復など、さまざまな力が備わっていますが、この半年でさらなる成長を遂げ、神力の供給も可能になったようです。

もうちょっと詳しく説明すると、人々がテラリス様に向ける信仰心を世界樹が神力に変換しているのだとか。

テラリス教はノーザリア大陸だけでなく、南のサウザリア大陸でも広く信仰されていますから、得られる神力はかなりのものでしょう。

それをすべて結界に投入し、今日の式典がうまくいくように手を貸してくれているわけなので、テラリス様には感謝するばかりです。

「テラリス様も来られたらよかったんですけどね」

「式典に参加せず、結界を優先したのはテラリス自身の意思だ。とはいえ、来たがっておったのは事実だな。特に、汝《なんじ》の着飾った姿を楽しみにしておった。後で会いに行ってやるといい」

「もちろんです。せっかく綺麗《きれい》な格好をしているんだから、テラリス様にも見てもらいたいです」

「まあ、汝は普段から綺……いや、なんでもない」

「どうしたんですか。最後まで言ってくださいよ」

「パレードの空気に酔って、気障《きざ》になってしまったようだ。気にするな」

「気になります。というか、まだパレードは始まってないですよ」

「パレードがはじまるよー！」

おっと。

遠くからミケーネさんの声が響きました。

それに引き続いて、ネコ精霊たちが返事代わりにホルンやシンバル、ドラムなどの楽器を鳴らします。

「お喋りはこれくらいにしておいた方がよさそうですね」

「ああ。今日くらいは我も精霊王らしく振る舞ってやるとしよう」

リベルはそう言って右手で自分の顔をムニムニとマッサージします。

「何をしているんですか」

「よそゆきの顔に整えておる」

キリッと表情を引き締めて、リベルが答えました。

私もやってみましょうか。

……って、そんなことをしたらお化粧が崩れちゃいますね。

やがて賑《にぎ》やかな音楽が鳴り響き、馬車がゆっくりと動き始めました。

パレードの始まりです。

城門を出てすぐの通りには、すでに多くの人々が集まっていました。

「グスタフ様、統一おめでとうございます！」

「フローラリア様もいらっしゃったぞ！」

「ありがたや、ありがたや……」

あれ？

今回のパレードって、大陸の統一をお祝いするものですよね。

式典と同じく、主役は国王のお父様なんですけど、なんだか私にも注目が集まっているような……。

「フローラ、右を見るがいい。汝に向かって祈りを捧《ささ》げている者たちがおるぞ」

「えっ」

リベルが指差した方に視線を向けると、高齢の方々が私に向かって手を組み、祈りの姿勢を取っていました。

ひい。

私を拝んでもご利益はないですよ。

どうしてこんなことになったのかといえば、原因は半年前のことです。

当時、私は儀式により神族の力を得て、大陸の危機を救いました。

世界樹という神話じみたシロモノを生み出したことも合わさり、人々の中には私を神様として崇《あが》める方が少しずつ増えていきました。

一応、ナイスナー王国の公式声明として、私がただの人間であることを何度もアナウンスしているのですが、いまいち浸透していないいんですよね。

なお、この世界の創造神であるテラリス様はこの状況を面白がっており、私に対しては「いっそホンモノの神様になっちゃえば？　フローラちゃんだったら、神界でちょっと修行するだけでいけるよー」などと、冗談交じりに勧めてきています。

もちろん、話を受けるつもりはないですけどね。

大陸を統一したことで、ナイスナー王国の領土はこれまでの何倍、いえ、何十倍にも広がりました。

それに伴ってお父様やライアス兄様、そして私が担うべき責務も大きくなっていますし、それを放り出して神界に行くなんて、さすがに無責任すぎるでしょう。

もし神様になるとしても、それは十年後、二十年後の話になりそうです。

式典と同じく、パレードも順調そのものでした。

突如として瘴気が立ち込めるとか、魔物が現れるとか、そんなトラブルとはまったくの無縁のまま、街をぐるりと一周していきます。

あえて気になる点をあげるなら、私を神様のように崇める人々がちょこちょこいたこと、あとは先程から頭がフワフワすることくらいでしょうか。
二、三回ほど意識が遠のくような感覚もあったので、ちょっと心配です。
疲れが溜《た》まっているのかもしれません。

パレードの最中に倒れるようなことになったら大事件ですし、なんとか気合で乗り越えたいところです。

えい、えい、にゃー。

ネコ精霊たちがたまにやっているように、私は右手でネコの手を作って小さくガッツポーズをします。

「フローラ、何をしておる」

「……見てましたか」

「うむ」

ひえええっ。

こっそりやったつもりでしたが、リベルにばっちり目撃されていたようです。

「見なかったことにしてもらえませんか」

「断る。そもそも、先程から随分と調子が悪そうだな。辛いならば、眼を閉じて休んでおれ」

「そういうわけにはいきませんよ。パレードで元気そうな姿を見せるのも王族の仕事ですから」

私はリベルの言葉に応えつつ、笑顔を浮かべて街の人々に手を振ります。

視線を前に向ければ、パレードの終点である王宮の城門が近付きつつありました。

到着まで一、二分といったところでしょうか。

王宮の敷地内に入ってしまえばこっちのものですね。

街中に比べれば人目も少ないですし、私が倒れちゃったとしても、精霊たちがいい感じにごまかしてくれるでしょう。

あれ？

なんだか、手の動きが鈍いですね。

眼の焦点がうまく定まらず、視界がちょっとボヤけてきました。

まるで夢を見ているような心地です。

ブルブル、ブルブル。

頭に載せていた天照《てんしょう》の冠が震えました。

「フローラ！　気をしっかり持て、フローラ！」

「……えっ」

リベルの声で、ハッと我に返ります。

気付くと、予想外のことが起こっていました。

私は馬車の座席に座っていたはずなのに、今は宙に浮かんでいました。

背中のあたりにムズムズとした違和感があります。

もしやと思って背後を振り返ると、純白の翼が視界に入りました。

「これって、神翼ですよね……？」

半年前、神様になった時も同じものを目にしました。

翼に触れようとしても、やっぱり、手をすり抜けてしまいます。

って、そんなことをしている場合じゃないですね。

私がいきなり翼を生やして空に浮かび始めたせいで、パレードは一時中断となっていました。

街の人々だけでなく、貴族の方々、枢機卿《すうききょう》の皆さん、教皇猊下《げいか》にお父様、ライアス兄様、そしてネコ精霊たちの視線がすべて私に集まっています。

このままだと、せっかくのパレードが台無しになってしまうかもしれません。

よし。

正直、いきなり神翼が生えてきた理由はよくわかりませんが、とにかくアドリブで乗り切りましょう。

「ローゼクリス、来てください」

「おねえちゃん。なんだか大変なことになってるね……」

私が呼びかけると、右手のあたりでポンと白い煙が弾け、聖杖ローゼクリスが現れました。

「ボクは何をしたらいいのかな」

「キラキラした、雪っぽいものを出してもらっていいですか」

早口で私はローゼクリスに告げます。

「空から祝福が降り注いでいるような感じで」

「なんだかフワッとした注文だね……」

「難しいですか」

「大丈夫だよ。ボクに魔力を込めてもらっていい？」

「分かりました。行きますよ」

私は右手でローゼクリスを強く握ると、高く掲げながら魔力を注ぎます。

杖の先端に据えられた水晶玉が、カッ、とまばゆい光を放ちました。

「おねえちゃん、いくよ」

よろしくお願いします。

私がコクリと頷くと、水晶玉がさらに強く輝き、空に向かって白銀の閃光《せんこう》が放たれました。

それから数秒の間を置いて、キラキラとした光の粒子がまるで雪のように降り注いできます。

まさにイメージ通りの光景です。

さすがローゼクリス、グッジョブです。

私は小さく頷《うなず》きつつ、周囲の人々によく聞こえるように声を張り上げます。

「今日はパレードに来てくださってありがとうございます！　この場にいる皆さんと、ノーザリア大陸に暮らすすべての人々に幸せが訪れますように！」

これで、どうでしょうか。

私としては、今回のトラブルを逆手に取って「パレードを締めくくるイベントとして、王女のフローラリアがサプライズを用意していた」という形に持っていきたいところです。

ともあれ、現時点で私にできることはやりきりました。

人々がどのように受け取ったかについては、後でイズナさんに調べてもらいましょう。

私は半年前の感覚を思い出しつつ、翼をコントロールして馬車のシートに戻ります。

それと同時に、ネコ精霊の音楽隊が再び楽器を奏で始めます。

「もうすぐパレードもおしまいだよー！」

「はくしゅでみおくってねー！」

「せーの、ぱちぱちぱちー！」

パチ、パチ、パチ。

最初に手を打ち鳴らしたのはリベルでした。

それをきっかけとして、だんだん、他の人も拍手を始めます。

「ナイスナー王国ばんざい！」

さらには、そんな声もあちこちから聞こえるようになりました。

停止していた馬車も動き始め、最後には盛大な拍手と歓声に包まれつつ、どうにかパレードは無事に終わりました。


そして――

私の記憶は、ここで途切れています。

馬車に乗ったまま城門を潜ったところまでは覚えているのですが、どうやらその後で意識を失ってしまったようです。

いったい何が起こっているのか。

それがはっきりしたのは、少し経《た》ってからのことでした。

＊　＊

リベルが右肩に重みを感じたのは、馬車が城門を潜ってすぐのことだった。

「フローラ、どうした」

そう言いながら右に視線を向けると、フローラがこちらに寄りかかっていた。

「うっ……。くぅ……」

苦しげな表情を浮かべ、額には脂汗を浮かべている。

彼女の身に異変が起こっているのは明らかだった。

とはいえ、ここで騒ぎを起こしてしまったなら、パレードに水を差したくないというフローラの意思を踏みにじることになってしまう。

「汝《なんじ》の悲しむ顔など、見たくはないからな」

リベルは小声で呟《つぶや》きつつ、意識を集中させて《竜の幻惑《プレゼンス》》を発動させる。

これで周囲の人間は、自分とフローラのことを認識できなくなる……はずだった。

だが、ここで予想外の事態が起こる。

「む……」

フローラの身体は《竜の幻惑《プレゼンス》》の影響を跳ね除《の》けていた。

「どういうことだ」

戸惑うリベルに声を掛けたのは、フローラの右手に握られていた聖杖――ローゼクリスだった。

「王様、ちょっといいかな」

「発言を許可しよう。何が起こっておる」

「詳しいことは調べているところだけど、いま、おねえちゃんの身体にはものすごく大きな神力が流れ込んでいるんだ。そのせいで《竜の幻惑《プレゼンス》》の影響が弾かれちゃったみたい」

「なるほど。ならば別の手段で周囲の気を逸らすとしよう」

ローゼクリスの言葉に頷くと、リベルは鋭い声で告げた。

「ミケーネ、イズナ、タヌキ。来い」

「はーい！」

「お呼びでしょうか」

「ただいまさんじょうー」

ポン、ポン、ポンと白い煙が弾け、リベルのすぐ近くに三匹の精霊が現れる。

「フローラさま、大丈夫かな」

「神翼が急に現れたことも気になります。いったい何が起こっているのでしょうか……？」

「かんがえるのはあとにしようー」

タヌキは他の二匹にそう呼びかけると、リベルを見上げて言葉を続けた。

「おうさまー。ぼくたち、なにをすればいいかなー」

「フローラを秘密裏に寝室へ運びたい。パレードの参加者たちを早急に別の場所に向かわせ、人目に付かぬ経路を確保せよ。できるな」

「まかせて！」

「承知いたしました。万事、抜かりなく取り計らわせていただきます」

「がんばるよー」

三匹はリベルの言葉に頷き、すぐに動き始めた。

パレードの参加者たちをどのように移動させるかをイズナが考え、それに基づき、ミケーネとネコ精霊たちが誘導を行う。

「よるはぱーてぃがあるよ！」

「それまで、おへやでやすんでてね！」

「まちのかんこうがしたいかたは、ねこがいどがいっしょにごあんない！　ごきぼうのかたは、えんりょなくおしえてね！」

なお、観光を希望した者はかなり多く、パレード参加者の六割に及んだ。

ネコ精霊がガイドしてくれる、というのが魅力的だったのかもしれない。

ともあれ、パレードの参加者たちの意識はそちらに引き付けられ、フローラへの注目はかなり薄れることになった。

一方――

「おうさま。つぎのわかれみちをひだりだよー」

「庭園から宮殿内に繋《つな》がる道があることは知っていたが、まさか初日から役に立つとはな」

タヌキに案内されつつ、リベルは地下の隠し通路を進んでいた。

その両腕には、意識を失ったままのフローラをしっかりと抱きかかえている。

「このさきのかいだんをのぼったら、きゅうでんにつながるドアがあるよー」

「詳しいな」

「ぼくがせっけいしたからねー」

タヌキは普段のとぼけた仕草とは裏腹にとても多才な精霊であり、ハルトリア宮殿の設計にも携わっている。

宮殿には有事に備えて隠し通路があちこちに用意されているのだが、タヌキはそのすべてを把握していた。

「この地下通路ならば、我らの姿を他人に見られることもなかろう。残る問題は、フローラを目覚めさせる方法だけか」

リベルはそう呟きつつ、フローラの胸元に置かれたローゼクリスと天照の冠に視線を向ける。

現在、両者はフローラの身体に起こった異変について全力で解析を行っている。

真っ先に「容疑者」として挙がるのはファールハウトやシークアミルだが、テラリスが強固に結界を展開している以上、その可能性は考えにくい。

「ともあれ、今はフローラを休める場所に運ぶことが先決か」

リベルはそう呟きつつ、地下通路の分かれ道を左に曲がる。

その先には、十段ほどの上り階段が待っていた。

「あまり揺らさぬ方がよいだろうな」

あらためてフローラを抱え直すと、リベルはそろり、そろりと階段を上っていく。

「おうさまは、フローラさまのことをたいせつにしているんだねー」

先に階段を上りきっていたタヌキが、リベルの方を振り返って言った。

「当然であろう。我は守護者だから……いや」

リベルは途中で言葉を止めると、数秒の間を置いてこう呟いた。

「我にとって、フローラはなくてはならぬ存在だからな」

「それ、フローラさまがおきてるときにいってあげてー」

「検討しておこう」

そんな話をしているうちに、リベルたちは階段を上り終える。

辿《たど》り着いた場所は、一見するとただの行き止まりのようであった。

扉のようなものはどこにも存在しない。

しかし――

「ひらけごまー」

タヌキがそう呟くと、スッと音もなく壁が上方向にスライドし、宮殿へと繋がる出入口に変わった。

差し込んでくる光に、リベルは思わず目を細めていた。

「ここは……宮殿の廊下か」

「つきあたりのひだりが、フローラさまのへやだよー。ちかくにひとがいないか、みてくるねー」

タヌキはそう告げると、タタタッと小走りになって廊下に出る。

周囲をキョロキョロと見回し、やがて両手を掲げて「○《まる》」のジェスチャーを作った。

「だいじょうぶだよー」

「ミケーネとイズナは、うまくやってくれているようだな」

リベルはそう呟きながら廊下に出る。

背後にチラリと視線を向けると、壁が静かにスライドし、隠し通路に繋がる出入口を塞いでいた。

よく見れば周囲の壁とのあいだに継ぎ目が存在しているが、それはリベルが精霊王だから分かることであり、普通の人間ならば何も気付かないだろう。

「よい仕上がりだ。さすがネコ精霊たちが手掛けただけのことはある」

リベルは満足げな表情で頷くと、タヌキとともに廊下を進む。

ほどなくしてフローラの部屋に辿り着いた。

「緊急事態ゆえ、鍵を開けるぞ。よいな」

リベルは眠ったままのフローラにそう呼びかけつつ、彼女の身体を右腕一本で抱え直す。

空いた左腕を虚空に掲げ、宝物庫からドアの鍵を取り出した。

「あれー？」

タヌキが不思議そうに声を上げた。

「どうしておうさまがフローラさまのへやのかぎをもってるのー？」

「スペアを宝物庫で保管するように、フローラから頼まれたのだ。無くした時のためにな」

「おうさま、しんようされてるんだねー」

「当然であろう。我はフローラをからかうことはあっても、裏切ったことは一度もないからな」

リベルは少しだけ誇らしげにそう答えると、鍵を開けて部屋の中に入った。

部屋には天蓋付きのベッドや大きな机、収納の多い化粧台、スライド型で前後二列の本棚などが置かれており、いつでも宮殿での新生活が始められるようになっていた。

リベルは鍵を宝物庫に戻すと、ベッドのところまで進み、その上にフローラをゆっくりと降ろした。

「随分と軽かったな……」

腕に残る感触を振り返りつつ、小声で呟く。

リベルはこれまでに何度もフローラを抱き上げているが、今日の彼女はやけに軽く感じられた。

「まさか、このまま消えてしまうのではあるまいな」

我ながら随分と飛躍したことを言っている……と自覚しつつも、リベルは胸の中に生まれた不安を無視することができなかった。

近くにあった椅子に腰を下ろすと、俯《うつむ》きながら両手でフローラの右手を握る。

「早く目を覚ますがいい。……間違っても、我を置いていくな」

そう呟くリベルの表情は、かつてないほど切実なものだった。

普段の、余裕綽々《よゆうしゃくしゃく》とした態度はどこかに消え失《う》せている。

「王様、原因が分かったよ」

声を発したのは、フローラの胸元に置かれたままとなっているローゼクリスだった。

その言葉を聞いて、リベルはハッと顔を上げる。

「でかしたぞ、ローゼクリス。褒美は何がいい」

「褒美はおねえちゃんが元気になってから考えるよ。それより、確かめたいことがあるからテラリス様を呼んでもらえるかな」

「よかろう。タヌキ、聞いていたな」

「もちろんー」

リベルが背後を振り返ると、すぐ近くに立っていたタヌキが耳をぴこぴこと動かした。

「テラリスさまのところにいってくるねー」

「うむ。ついでにミケーネとイズナも連れてくるがいい。……いや、待てよ」

リベルは数秒ほど考え込むと、さらにこう付け加えた。

「フローラの身に一大事が起こっておるのだから、家族であるグスタフやライアスも呼ぶべきであろう。親友としてマリアにも声を掛けてやれ。ノアも忘れるな。よいな」

「ひとがおおいよー」

「今日の王様はあんまり冷静じゃないからしかたないよ。ボクも手伝おうか」

「だいじょうぶー。ミケーネさんとイズナさんと、テラリスさまと、フローラさまのおとうさんと、おにいさんと、しんゆうさん、おうさまのおとうとさまだねー」

「あっ、全部言えてるね」

「さすがだな」

リベルは満足げな表情を浮かべて頷く。

「では任せたぞ、タヌキ」

「あいあいさー」

タヌキは右手でピシッと敬礼らしきポーズをとると、ポン、と白い煙を残して姿を消した。


三十分後——。

フローラの部屋には、大勢の者たちが集まっていた。

リベルはもちろんのこと、父親のグスタフ、兄のライアス、親友のマリア、さらにテラリス、ミケーネ、イズナ、タヌキ、ノア……誰もが心配そうな視線をフローラに向けている。

「全員、揃《そろ》ったかな」

声を発したのは聖杖のローゼクリスである。

「皆、事情はもう把握してるかな」

「ああ」

頷いたのはグスタフである。

「簡単にだが、タヌキ殿に説明してもらった」

「パレードの最後にフローラがいろいろやってたけど、あれはサプライズじゃなくてトラブルだったんだな」

ライアスが顔に深い後悔を滲《にじ》ませながら呟く。

「暢気《のんき》に眺めていた自分を殴ってやりたいぜ」

「ライアス様、気を落とさないでくださいまし」

気遣うように声を掛けたのはマリアである。

「それなら、わたくしも同罪ですわ。親友だというのに、あの子の異変に気付けなかったのですもの」

「二人とも気にすることはない。我としても、隣にいたというのに――」

「はいはい、ストップストップ！」

リベルの言葉を遮るようにして、パンパン、とテラリスが手を鳴らした。

「責任の被り合いをしたって話は進まないよ。過ぎたことより、先のことを考えたほうがいいんじゃないのかなー」

「確かに、テラリス様の仰る通りですね」

部屋の隅で恭しく控えていたイズナが頷く。

「フローラ様の身に何が起こっているのか、ワタシとしても非常に気掛かりです。ローゼクリス様、ご説明いただいてよろしいでしょうか」

「もちろんだよ。そのために集まってもらったんだからね」

ローゼクリスは先端部の水晶玉をピカッと輝かせながら答える。

「ただ、ひとつだけ確かめておきたいことがあるんだ。テラリス様、ちょっとボクを持ってもらえるかな」

「はーい。ちょっと待ってねー」

テラリスは頷くと、フローラの胸元に置かれていたローゼクリスを右手で持ち上げた。

「これでオッケーかな？」

「うん。……なるほどね」

ピカ、ピカ、とローゼクリスの水晶玉が点滅する。

「状況はだいたい分かったよ。原因はやっぱり世界樹だね」

「えっ⁉」

驚きの声を上げたのはノアだった。

「世界樹って、瘴気《しょうき》を消したり、霊脈を直したり、僕たちにとっていいことをしてくれる木ですよね。それなのにどうして、フローラおねえさんが倒れる原因になっているんですか」

「確かに疑問だな」

ライアスが頷《うなず》きながら口を開く。

「聞いた話じゃ、テラリスさんの神力が回復したのだって世界樹のおかげなんだろ？　悪いことをするイメージはないんだけどな」

「そのイメージで間違ってはいないよ」

ローゼクリスはあくまで冷静な口調で答える。

「世界樹に意識はないけど、人間にたとえて言うなら、いいことをしているつもりなんだよ。テラリス様の神力が回復したのって、どういう原理なのか覚えてる？」

「我が聞いた話では、人族たちがテラリスに向ける信仰心とやらを神力に変換しているらしいな」

「そうだよー」

リベルに続いて、テラリスが口を開いた。

「おかげで今は元気いっぱいだよー。その気になれば、自分の力だけで神界に戻れるし、ついでに誰か一人くらいは一緒に連れていけそうだねー」

「フローラを置いて神界の観光に行きたがる者など、この場には一人もおらんだろう」

「うんうん。それは分かってるよー」

テラリスは何度か頷くと、視線をローゼクリスに向ける。

「おっと、話が逸れちゃったねー。ごめんね、ローゼクリスちゃん」

「これくらいは構わないよ。ともあれ、世界樹は信仰心、要するに気持ちみたいなものを神力に変えることができるんだ。ところで、フローラおねえちゃんを神様みたいに崇《あが》めている人たちのことは知ってるかな」

「もちろんですわ」

そう声を上げたのはマリアだった。

「半年前、大陸中の異変を解決したのがきっかけですわよね。フローラが多くの人から慕われているのは親友として喜ばしいことですけれど、最近は少しばかり周囲が騒がしすぎるような気がしていますわ」

「……そういうことか」

ライアスがハッと何かに気付いたように顔を上げる。

「フローラが崇められているってことは、つまり、テラリスさんみたいに大勢の人間から信仰心を向けられているんだよな。そして、世界樹は信仰心を神力に変換できる。つまり――」

「現在のフローラは世界樹を通して神力を与えられている、というわけだろう」

言葉を継ぐように、グスタフが呟く。

「あの子の背中に神翼が出たのは、そういう理由だったのか」

「正解だよ」

短く、しかしはっきりとローゼクリスは言い切った。

「今日のパレードにはおねえちゃんを神様みたいに信仰している人がたくさん集まっていたし、現地に来られなかった人も《ネコチューブ》で中継されている映像を見て、半年前のことを思い出していたんじゃないかな。そういう気持ちを世界樹が神力に変換して、フローラおねえちゃんに注ぎ込んだんだ」

「そのせいで、フローラちゃんの身体に流れている高位神族の血が活性化したんだろうねー」

テラリスは左手を伸ばし、ベッドに寝ているフローラの額に触れる。

「さっきイズナちゃんから聞いたけど、フローラちゃんって、パレードの最後になかなか派手なことをしたみたいだねー」

「うん！　雪みたいにキラキラしてて、すっごく綺麗《きれい》だったよ！」

「光の粒子が舞い落ちる中、純白の翼を広げるフローラ……。まるで神話のような光景でしたわね……」

ミケーネに続いて、マリアがしみじみとした表情で呟く。

「わたくしも、あの時ばかりは息をするのも忘れてフローラに見惚《みと》れていましたわ」

「気持ちはよく分かります」

イズナが深く頷いた。

「ワタシだけでなく、パレードの場にいた者、そして《ネコチューブ》の映像を見ていた者――。この大陸のほとんどすべての者がフローラ様に見惚れていたことでしょう」

「そこまではよかったんだ。そこまでは、ね」

ローゼクリスが、後悔を滲ませるような口調で呟く。

「でも、神話みたいな光景を作ってしまったせいで、おねえちゃんに向けられる信仰心がものすごく大きなものになっちゃったんだ。……あとは言わなくても分かるかな」

「信仰心が大きくなれば、世界樹からフローラに送られる神力も増える。結果、高位神族の血が過剰なほどに活性化し、そのショックで倒れてしまった……といったところか」

「王様の言う通りだよ。このままだとおねえちゃんは二度と目を覚まさないかもしれない。最悪の場合、身体がだんだん弱っていって、その……」

ローゼクリスは申し訳なさそうな声で呟くと、最後に言葉を濁した。

「ボクはおねえちゃんに頼まれて空からキラキラを降らせたけれど、あんなことをするべきじゃなかったんだ。謝って許されることじゃないけれど、ごめんなさい」

そこで話が途切れ、部屋に沈黙が訪れた。

ここにいる誰もが、フローラが倒れたことに対して責任を感じていた。

自分にできたことがあったのではないか。

そう考えずにいられなかった。

「あのっ」

重苦しい空気の中、意を決したように口を開いたのはノアだった。

周囲の注目が彼へと集まる。

「えっと、その」

いきなり多くの視線を向けられたことで、ノアは戸惑い、頭が真っ白になっていた。

口に出そうとしたはずの言葉が出てこない。

そんなノアを助けたのは、兄のリベルだった。

「あまり我が弟をいじめるでない。ノア、どうした。言いたいことがあるのか」

「は、はい。フローラおねえさんが倒れた理由は分かりました。じゃあ、目を覚ましてもらうにはどうしたらいいんでしょう。世界樹が原因ってことは、木を切り倒しちゃうとか……？」

「なかなか過激な案だな」

リベルが苦笑を浮かべながら呟いた。

「だが、悪くない」

「いやいや、ちょっと待てよ」

驚いたようにライアスが声を上げる。

「世界樹はいろいろと恩恵のある木なんだろ？　それを切り倒すのはマズいんじゃないのか」

「だとしても、フローラに害を及ぼすのであれば排除するだけだ。ローゼクリス、今の状態が続けばフローラはどうなる」

「正直なところ、分からない、というのが答えだね……」

申し訳なさそうにローゼクリスが答える。

「テラリス様。フローラおねえちゃんの身体に流れている高位神族の血を抑えることってできるかな」

「わたしにも、ううん、神王様であっても難しそうだよ」

テラリスは真剣な表情を浮かべて告げる。

「ただ、フローラちゃんの身体はそこまで急激に弱っているわけじゃないし、時間的な猶予はそれなりにあるはずだよ。だから、世界樹を切り倒すのは反対かな。付け加えるなら、いきなり神力の供給が絶たれたら、フローラちゃんの身体にどんな影響があるか分からないよ」

「……確かにな」

納得したようにリベルが頷く。

「であれば、別の方法を考えるべきか」

「解決策としては、大きく分けて三つですわね」

それまでずっと思案顔を浮かべていたマリアが口を開いた。

「一つ目は根本的な原因の排除ですわ。フローラを崇めている人たちに、なんとかしてそれをやめさせる。……とはいえ、これはさすがに不可能ですわね」

「人間の心って、そんなに簡単なものじゃないからねー」

確信に満ちた表情で言い切ったのはテラリスである。

「他の世界での話だけど、偉い人がひとつの宗教を禁じたら、むしろ信仰心が強くなった……なんて話もあるからねー。現実的とはいえないかなー」

「わたくしもそう思いますわ。では二つ目、世界樹に働きかけて、フローラへの神力の流入を止めさせる。こちらはどうでしょう」

「検討の余地はあるな」

リベルが頷きながら答える。

「三つ目はどのようなものだ」

「フローラ自身に働きかけて、高位神族の血を抑える……と言いたいのですけれど、テラリス様も無理と仰《おつしや》っていましたわね」

「だったら、今後の方針は決まったようなもんだな」

場をまとめるようにライアスが言った。

「二つ目、つまりは世界樹に働きかけて、フローラへの神力の流入を止めさせる。皆もそれでいいか」

「我としては異論はない」

真っ先にそう答えたのはリベルである。

「だが、具体的には何をどうするのだ」

「問題はそこなんだよな」

ライアスは困ったように眉を寄せ、髪をかきあげた。

「ニホンゴじゃ『困った時の神頼み』って言葉がある。つーわけでテラリスさん、何かいい知恵はないか？」

「おっ、なかなかの無茶《むちゃ》ぶりだねー。まるでハルトくんみたいだ」

クスッと小さく笑いながらテラリスが答える。

「一応、世界樹についてはこれまでに何度か調べてはいるんだよね。ただ、分かったのはあの木が成長の途中ってことかな。外見も、中身もね」

「元々のサイズがとんでもないから分かりづらいけど、世界樹は半年前より大きくなっているんだよ。それが外見の話だね」

補足するようにローゼクリスが言葉を発した。

「ここにいる皆は知っているだろうけど、元々、世界樹に備わっていた力は三つだけだったんだ」

「瘴気の浄化、霊脈の維持、それから豊穣《ほうじょう》の気でしたっけ」

右手の指をひとつ、ふたつ、みっつと立てながら、確認するようにノアが言う。

「ノアの言う通りだよ。けれど、最近になって世界樹は新しい力を手に入れた。信仰心を神力に変えられるようになったんだ。たぶん、これからも色々な力が増えていくはずだよ」

「それが中身の話、ということか」

「うん。合ってるよね、テラリス様」

「大丈夫だよー。ローゼクリスちゃん、説明ありがとねー」

テラリスはそう言いながら、よしよし、とローゼクリスの水晶玉を撫でる。

「まあ、要するに世界樹については分からないことだらけなんだよね。フローラちゃんが生み出しただけあって、可能性の塊、みたいな」

「やりすぎてやらかすところも含めて、フローラによく似ておる」

リベルはフッと小さく笑いつつ、眠ったままのフローラに近付くと、その頭を撫でた。

「ともあれ、テラリスも世界樹のことは把握しきれておらんわけか。……手詰まりだな」

「ひとつ、いいですか」

ノアが、遠慮がちながらもはっきりとした声で言った。

「たぶん、フローラおねえさんが起きていたらこう言っていたと思うんです。『ここでジッとしていても始まらないから、とりあえず世界樹のところに行ってみませんか』って」

「確かに、あの子なら言いそうですわね」

マリアが納得の表情を浮かべて頷く。

「ここでフローラの様子を見守る組と、世界樹のところに向かう組の二つに分かれた方がよさそうですわね」

「だったら、俺は世界樹の方に行くぜ」

間髪をいれず、ライアスが宣言した。

「妹を助けるのが兄貴の役目だからな」

「ライアス様はここに残るべきですわ」

窘《たしな》めるように、しかし、はっきりと言い切ったのはマリアだった。

「夜には晩餐会《ばんさんかい》がありますもの。王子が不在というのは問題がありましてよ。そうでしょう、グスタフ様」

「……ああ」

重い表情で、グスタフが頷く。

「ライアス、おまえは宮殿に残れ。もちろん、わたしもだ。ナイスナー王国はこの大陸の主となった。ならば、その責務を果たさねばならん。フローラもそれを望むはずだ」

「理屈は分かるさ。けど――」

「わたくしはこちらに残りますわ」

ライアスの言葉を遮るように、マリアが言った。

「今回の式典でシスティーナ家は貴族たちの筆頭としての立場を与えられました。その家の者が晩餐会を欠席したとなれば、貴族たちに余計な懸念を与えかねませんもの。……ライアス様は婚約者を放り出してどこかに行ってしまう、なんてことはしませんわよね？」

「……分かったよ。俺の負けだ」

観念したようにライアスが呟く。

「つーか、ダダをこねて悪かったな。確かに王子ともあろうヤツが国の晩餐会をサボるとかありえねえよな。それに、マリアを放《ほ》ったらかしにしたらフローラに怒られちまう。――『私の親友を何だと思ってるんですか！　だったら私がマリアと結婚します！』なんてな」

「フローラなら言いそうですわね」

クスッ、とマリアが小さく笑いながら答える。

「では、ライアス様も残留ということで」

「待て」

声を上げたのはリベルである。

「婚約者という言葉が出てきたな。……誰と誰が婚約しておるのだ」

「あれ？　リベルにいさんは聞いてないんですか？」

不思議そうな表情を浮かべてノアが言った。

「ライアスさんとマリアさんの縁談、決まったみたいですよ」

「初耳だな」

「まあ、そりゃそうだよな」

苦笑しつつ、ライアスが呟く。

「フローラとリベルには、パレードが終わった後に伝えるつもりだったからな」

「ちょっとしたサプライズのつもりでしたの」

マリアは悲しげに瞼《まぶた》を伏せると、ベッドで眠ったままのフローラの右手を握った。

「でも、まさかこんなことになるなんて」

「じゃあ、二人のことを伝えるためにもフローラちゃんを起こさないとね！」

暗い雰囲気を吹き飛ばすように、テラリスが言った。


その後——

数分の話し合いを経て、誰が世界樹の元へ向かい、誰がここに残るのかが決まった。

世界樹の元へ向かうのは、リベル、ノア、テラリスの三名とミケーネ、そしてローゼクリス。

世界樹が人智《じんち》を超えた存在であるため、それに対応できる者を集めた形である。

一方、宮殿に残るのはグスタフ、ライアス、マリアに加え、イズナとタヌキの二匹となった。

イズナは晩餐会を取り仕切る立場であったため、宮殿を離れるわけにはいかない。

残留組にタヌキが加えられたのは、その特殊な能力を買われてのことである。

「皆様はご存じないかもしれませんが、タヌキさんは身体の大きさを変えられるだけでなく、人族に化けることができるのです。彼にはフローラ様の代役を務めてもらおうかと考えております」

「いくよー」

タヌキは頭にはっぱを乗せると、詠唱を始めた。

「たぬき、こたぬき、ばけたぬき。きょうのぼくはばけたぬき、フローラさまにばけちゃうよー」

ドロン。

普段よりも二回りほど大きな規模で、白い煙が弾けた。

その向こうから現れたのは、星々の輝きを宿したような銀色の髪を持つ、紫の瞳の少女だった。

「ぼ……私はフローラだよー」

外見も声色も、確かに本人そっくりである。

だが、口調はタヌキのままだった。

フローラに化けたタヌキは、きょとん、と首をかしげる。

「にてないかなー」

「ダメダメですわね」

ぴしゃり、とマリアが断言した。

「フローラ専門家のわたくしに言わせてもらうなら、百点満点中の零点、一億点満点としても零点ですわね」

「そんなー」

「幸い、晩餐会まで時間はありますわ。わたくしがみっちり演技指導してさしあげましょう。ふふふ……」

「たすけてー」

「この国のためだ。頑張ってくれよ、タヌキさん」

「タヌキ殿。よろしく頼む」

ライアスとグスタフが、揃《そろ》ってタヌキに声を掛ける。

「晩餐会ではワタシもサポートに入ります。本物のフローラ様が眠ったままであることは隠し通せるでしょう」

現在、ナイスナー王国において最も支持を集めている者といえば、言うまでもなく、王女のフローラである。

以前からの声望だけでなく、半年前の活躍により、彼女は平民だけでなく貴族からも信頼を寄せられている。

もしも彼女が倒れたことが明るみに出れば、人々のあいだに動揺が広がり、予期せぬトラブルが起こるかもしれない。

最悪の場合、ナイスナー王国による大陸の統一そのものが揺らぐ危険性も高い。

それを避けるため、タヌキがフローラに変身して代役を務めることになった。

「大丈夫でしょうか……？」

「問題ない。タヌキはああ見えてできる精霊だからな」

不安そうに呟くノアの頭を撫でながら、リベルがしっかりとした口調で言い切る。

「宮殿のことはイズナたちに任せ、我らは出発するぞ。テラリス、ミケーネ、ローゼクリス。準備はいいな」

「わたしはオッケーだよー」

「いつでもいけるよ！」

「ボクは運んでもらうだけだからね。ミケーネさん、よろしく」

三者三様の答えを聞いて、リベルは満足げに頷いた。

「では、行くとしよう。――フローラ、汝《なんじ》のことは絶対に助けてみせる。しばらくここで休んでおれ」

＊＊

宮殿の地下に設けられた隠し通路の中には外部に繋《つな》がっているものがいくつか存在する。

リベルたちは人目を避けるため、そのうちの一つを使って宮殿の外に出た。

「まさか、ここに繋がっておるとはな」

そこは首都ハルスタットの外周部、東側にある霊園だった。

地下通路から出てすぐのところには、ハルト・ディ・ナイスナーの墓もある。

「リベルちゃん、ついでにお墓参りしていく？」

「いや、今はいい」

テラリスの言葉に対して、リベルは首を横に振った。

その表情には、もはやハルトに対しての未練は残っていない。

――我の代わりにフローラが泣いてくれたからな。

昨年、彼女とともにハルトの墓を訪れた時のことを思い出しつつ、リベルは言葉を続ける。

「フローラが目を覚ましたら、改めてここに来るとしよう。テラリスこそ、一言くらい挨拶していってはどうだ」

「わたしもパスかな」

フッ、と寂しげな表情を浮かべてテラリスが答える。

「カレは三〇〇年前に人間として死んだ。魂はもうどこにも残ってない。お墓に呼びかけたって、ハルトくんに届くわけじゃない。神様だからよーく分かってるんだ、わたし」

第四章　世界樹の中に飛び込みます！

「――墓に呼びかけなくたって、届いてはいるんだぜ」

聞き覚えのある男性の声で、私は目を覚ましました。

「ここは……？」

なんだか足がポカポカしますね。

小さく欠伸《あくび》をしながら身体を起こし、周囲を見回します。

そこはコタツの置かれたタタミ敷きの部屋でした。

私はコタツに足を入れた状態で眠っていたようです。

あれ？

おかしいですね。

ここに来るまでの経緯がうまく思い出せません。

記憶は、パレードの最後……馬車が城門を潜ったところで途切れています。

「おっ、目を覚ましたか」

戸惑う私に、左側から声が掛かります。

そちらに視線を向けると、黒髪の青年が優しげな笑みを浮かべていました。

私と同じようにコタツに足を入れています。

「半年ぶりだな、フローラ。オレのことを覚えてるか？」

「ご先祖さま、ですよね」

「大正解だ」

ご先祖さまはパチンと右手の指を鳴らして頷《うなず》きます。

「おまえさんがここに来るのは二度目だが、前に来た時のことは覚えてるか？　いや、思い出したか？」

「ええ、もちろん」

私の目の前にいるご先祖さまは、本物ではなくて、魔法で作られたコピーなんですよね。

ここは人界と神界のスキマにある『隠れ家』のようなもので、ナイスナー家の人間が神族になろうとした時、意識だけを引っ張り込んで面接試験を行う場所なんでしたっけ。

あとは……試験が終わったらここでの記憶が封印されるんでしたよね。

覚えている限りのことを口に出すと、ご先祖さまは「その通りだ」と答えました。

「新しく情報を付け加えるなら、ここに戻ってくりゃ記憶の封印は解ける。まあ、出ていく時にまた封印されるんだけどな」

「面接試験のことを知られないためですね」

「そういうことだ」

私の言葉にご先祖さまは頷きます。

「さて、フローラ。おまえさんは自分の状況をどれくらい把握してるんだ？」

「まったく分からないですね」

私は即答しました。

だって、ホントに分かりませんからね。

『隠れ家』に来ているということは、きっと私は神様になりつつあるのでしょう。

実際、パレードでは神翼が出ちゃっていましたから。

でも——

神様になるための儀式をしたわけでもないのに、どうして神翼が出ていたのやら。

私としては戸惑うばかりです。

「オーケー。オレもすべてを把握しているわけじゃないが、分かる範囲で教えてやる。つまり、あれがこれでそれで、それがこれであれだ」

「なるほど……って、意味不明ですよ」

「だよな。今のは冗談だ。ちゃんと説明するから聞いてくれ」


ふむふむ。

ご先祖さまの話を聞いて、現状がなんとなく分かってきましたよ。

「私を神様みたいに崇《あが》めている人たちがいて、その人たちの信仰心を世界樹が神力に変換しちゃったわけですね。その結果、私の身体に流れている高位神族の血がものすごく活性化して、倒れてしまった……というところでしょうか」

「大正解だ。さすがオレの子孫、理解が早くて助かるぜ」

ご先祖さまはにっこりと笑いながら頷きました。

「半年前と違って事故みたいな経緯とはいえ、おまえさんは神族になりかかってる。意識をこの部屋に引っ張り込むための条件は満たしていたからな。こうして招待させてもらった、ってわけだ」

「今回も面接試験をするんですか」

でも、私としては神様になるつもりはないんですよね。

解決すべきトラブルもありませんし。

「とりあえず不合格扱いにしてもらっていいですか。ついでに、活性化した血を鎮めてくれると助かるんですけど……」

「とりあえず神様になっとこう、なんて思わないのか？」

「当たり前じゃないですか。必要もないのに大きな力を手にしたって、どうせ持て余して自滅するだけですよ」

「ははっ、いい答えだ。やっぱり血は争えねえな」

んん？

なぜかご先祖さまは満足そうな表情を浮かべて頷いています。

「オリジナルのオレも、本気になれば人間をやめて神様になることも可能だった。けれど、あえて何もせずに老いて死んだ。身に余る力は身を滅ぼす、なんて言ってな」

「いい言葉ですね」

身に余る力は身を滅ぼす。

前例、けっこうありますね。

クロフォードやガイアス、あるいはトレフォス侯爵――。

私もその一人になってしまわないよう、気を付けたいところです。

「話を戻すが、オレにはおまえさんの血を鎮めることはできない。かなり活性化しているからな。けれど、解決の手助けはできる。……といっても、今はまだその時じゃない。しばらくは出番待ちだ。オレも、フローラもな」

「私にもするべきことがある、ということですか」

「察しがいいな。まあ、しばらくはコタツで寛《くつろ》いでくれ。質問があるなら受け付けるぜ」

「それじゃあ、一つ聞かせてください」

「どうした？」

「ご先祖さまはこの部屋から出られないし、部屋の外――人界でどんなことが起こっているのか、まったく分からないはずですよね」

半年前、私がここを訪れた時のことを思い出してください。

ご先祖さまはオリジナルの自分が亡くなってから三〇〇年が経過していることに驚いていましたし、地上でどんな事件が起こっているのかも知らない様子でした。

「それなのに、どうして私が倒れた経緯を知っているんですか」

「おっ、なかなか鋭いな。やるじゃないか」

ご先祖さまは嬉《うれ》しそうにニッと笑みを浮かべました。

「実は最近、人界の情報が少し入ってくるようになったんだよ。おまえさんのおかげでな」

＊　＊

一方——

リベルたちは首都ハルスタットを離れ、世界樹へと向かっていた。

移動手段はというと、レッドブレイズ号である。

「まだ世界樹には着かんのか」

「出発して五分もたってないよー。リベルちゃん、焦りすぎ」

テラリスが苦笑するのも無理はないだろう。

なぜなら、リベルは船に乗り込んでからというもの、ずっと落ち着かなげに甲板をウロウロとしていたからである。

「ま、それだけフローラちゃんが大事ってことかな？」

「当然であろう。我にとってフローラはなくてはならぬ存在だからな」

リベルは恥じらう様子もなく、はっきりとした口調で答えた。

「かっこいいねー。でも、そういうのは本人がいるところで言ってあげたほうがいいと思うよー。堂々とね」

まう。

リベルは精霊の王だけあって物怖《ものお》じしない性格だが、時折、フローラの前では照れ屋になってし
「……考慮はしよう」

彼自身もそのことは理解している。

ただ、どうしてフローラの前では普段以上に格好をつけてしまうのか、その後に照れてしまうの
かについては、これまで踏み込んで考えたことはなかった。

あるいは、無意識のうちに考えないようにしていたのかもしれない。

「リベルちゃん。到着まで少し時間があるし、真面目な話をしよっか」

「ああ、構わん。どうせこのままではそわそわして落ち着かんからな」

「だろうねー」

テラリスはクスッと笑いつつ、甲板の縁にある手すりに背を預ける。

「ハルトくんってさ、一〇〇年も生きてないうちに死んじゃったわけだよね」

「随分と急に話題が変わったな」

リベルは戸惑いを顔に浮かべつつ、言葉を続ける。

「汝《なんじ》の言う通りだ。ハルトはもう生きておらん。イズナに調べさせたが、あやつは魔法や錬金術で
寿命を延ばすこともなく、穏やかに天寿を全うしたらしい」

「それ、なかなかできることじゃないよね」

テラリスは少しだけ寂しそうに呟く。

「カレはその気になればいつだって人間の枠を越えられた。でも、あえて人間のまま死ぬことを選んだの。わたしは、立派だと思うよ」

「その通りだとも。あやつは大した男だ」

リベルは短く答えると、数秒の沈黙を置いてからさらに言葉を続けた。

「だが、我はハルトに生きていてほしかった、とも感じておる。あやつと交わしたい言葉も、共に行きたい場所も、数多く残っておる。……心というのは難しいな。相反する感情があたりまえのように存在しておる」

「そればっかりは仕方ないよ。生きるってことは、一つの心のなかで、二つの気持ちがぶつかることなんだから。……って、話がズレちゃったね。ともかく、人間はいつか寿命で死ぬ、生きていられるのは、長くても一〇〇年ちょっとかな。わたしやリベルちゃんにとっては短い時間だよね」

「汝も我も、不滅に近い存在だからな」

「そうだね」

テラリスは頷くと、リベルを真正面から見据えてこう告げた。

「だから、フローラちゃんもいつかは死ぬんだよ。リベルちゃんの前からいなくなる」

「……分かっておるとも」

「本当かな」

リベルが視線を逸《そ》らしたことに気付きつつ、テラリスは言葉を続ける。

「フローラちゃんが倒れてから、リベルちゃん、ずっと動揺してるよね。それは悪いことじゃないけど、ちょっと不安なんだよ。——もしフローラちゃんが亡くなった時、リベルちゃんは冷静でいられる？　蘇《よみがえ》らせる手段があるなんて誰かに言われたら、うっかり乗っちゃったりしない？」

「……どうだろうな」

瞼《まぶた》を伏せ、考え込みながらリベルは答える。

「人族の死を覆すことはできん。それは神族どころか高位神族であっても不可能だ。ゆえに、死者の復活を囁《ささや》く者は詐欺師に決まっておる。だが……」

「だが？」

「それでも、詐欺師の甘言に縋《すが》ってしまうかもしれん。フローラが倒れて、あらためて自覚した。あの者は、我にとってなくてはならん存在だ。失うことには耐えられん」

「リベルちゃんの心の特等席には、フローラちゃんがいるんだよね。それは、横で見ていたわたしにもよく分かるよ」

テラリスはうんうん、と何度も頷きながら言う。

「フローラちゃんの身体には高位神族の血が流れているし、本人にも才能があるから、その気になれば人間の枠を越えちゃうことは簡単だろうね。けど、きっとフローラちゃんはそれを望まない。ハルトくんと同じように、人間として生きて、人間として死のうとするはずだよ。リベルちゃんと一緒にいられるのは、たった一〇〇年くらいの短い期間なの。……その時になって後悔しないためにも、自分の気持ちにちゃんと向き合っておいたほうがいいと思うよ」

「どういうことだ？」

「それはリベルちゃんが自分で気付くべきことだよ。誰かに言われても、きっと否定しちゃうから」

「難しいな」

「それが心ってものだよー。でも、複雑なものを抱えているからこそ、素敵なものを作れるんだよ。人も、精霊も、神様もね」

テラリスはそう言って、女神らしく達観した笑みを浮かべた。

「というわけで、真面目な話は終わりだよ。付き合ってくれてありがとねー」

「礼を言われるほどのことではない、汝は我とフローラのことを思ってアドバイスしたのであろう。感謝しよう」

「いえいえー。まあ、お説教みたいなことを言っちゃったぶん、世界樹に着いたら頑張るから期待してくれていいよー」

「ほう。もしやフローラを目覚めさせる方法でも思いついたか」

リベルは冗談半分といった様子で訊ねる。

もちろん、期待した答えが返ってくるとは思っていない。

だが――

「うん」

テラリスは短く、しかし、はっきりとした口調で答えた。

「方法はもう頭の中に浮かんでるよ。それを成功させるためには、リベルちゃんの気持ちが大事なの。だから、真面目な話をさせてもらったんだよね」

＊＊

――実は最近、人界の情報が少し入ってくるようになったんだよ。おまえさんのおかげでな。

ご先祖さまの言葉は、私にとって不可解なものでした。

人界から切り離された『隠れ家』に、どうして外の情報が入ってくるようになったのか。

なぜ私のおかげなのか。

分からないことは訊《き》くしかないですよね。

幸い、ご先祖さまはもったいぶらずに答えてくれました。

「おまえさんの生み出した世界樹が『隠れ家』と人界のあいだに抜け道を作ってくれたんだよ。まあ、抜け道といっても物理的なものじゃなくて、魔術的な概念だけどな」

「どういうことでしょうか……？」

「簡単に言えば、魔法を使って人界の出来事を覗《のぞ》き見《み》できるようになった、ってことだ。といっても、ナイスナー家の血を引いているヤツの周囲で起こっていることに限定されるがな」

なるほど。

ご先祖さまが私の倒れた理由を把握していたのも、そういうタネがあったんですね。

納得です。

……って、ちょっと待ってください。

「世界樹が抜け道を作ったって、私、そんなの聞いてないですよ」

「だろうな」

予想通り、といった様子でご先祖さまが頷《うなず》きます。

「世界樹はとんでもない働き者だよ。もともとは瘴気《しょうき》の浄化や霊脈の維持をやっていたみたいだが、そいつが一段落ついたら、自分から仕事を増やしていったんだ。おまえさんにも心当たりはないか？」

「……ありますね」

私はご先祖さまの言葉に頷きます。

世界樹はいつのまにかテラリス様に神力を供給するようになっていましたからね。

あれは、私がお願いしたわけではありません。

世界樹の独断と言っていいでしょう。

まあ、世界樹に意思があるのかどうかは分かりませんけどね。

「子供は親に似るもんだが、世界樹も生みの親そっくりのワーカホリックだった、ってわけだ。ははっ」

愉快そうにご先祖さまが笑います。

世界樹の生みの親といえば——私ですね。

「待ってください」

私は反論の声を上げます。

「私、勝手に自分から仕事を増やしたりはしませ……してますね」

「だよな。ちなみにオレも似たようなもんだ」

ご先祖さまはニッと白い歯を見せて、やたらといい笑顔を浮かべました。

「あんなことがしたい、こんなことがしたい――。目的を決めたら、周囲が何を言おうと、やれることは全部やる。それがナイスナー家の、遡るならイスズ家の血ってやつだ」

そういえばご先祖さまって、元々はイスズハルトって名前でしたっけ。

念のために解説しておくと、イスズが姓で、ハルトが名にあたります。

ナイスナーというのは辺境伯の地位を賜ってからの家名ですね。

……という解説はさておき。

周囲が何を言おうと、やれることは全部やる。

ご先祖さまの言葉は私にとって強く共感できるものでした。

今までの自分を振り返ってみると、確かにそんな行動ばかりでしたね。

私がひとり頷いていると、ご先祖さまはさらにこう言いました。

「世界樹も、ある意味じゃ立派なナイスナー家の一員だよ。こいつも、自分に与えられた目的を果たすためにやれることを全部やっているのさ。……さて、ここでクイズだ」

「唐突ですね。いきなりクイズを出すなんて、まるでテラリス様みたいです」

「そいつは逆だな。テスがオレのマネをしてるのさ」

テスというのはテラリス様のことでしたっけ。

この二人の関係、やっぱり気になりますね。

ただ、追及したところで答えは得られそうにないですよね……などと考えていると、ご先祖さまが口を開きました。

「話を戻すぞ。世界樹はいったい何を目的にしているか、そいつがオレからのクイズだ」

「ヒントはありますか」

「もちろん。オレは親切だからな」

ご先祖さまは冗談っぽい口調で答えると言葉を続けます。

「世界樹は誰が、どんなことを願って生み出したか。それを考えりゃ簡単に解ける。たぶんな」

ふむふむ。

それでは、真面目に考えてみましょうか。

世界樹を生み出したのは私ですよね。

どんなことを願って生み出したのかといえば。

――一度の魔法で何もかも解決、みたいなことができればいいんですけどね。

これですよね。

だから、クイズの答えは……

「世界樹の目的は、何もかもを解決すること。これで合ってますか」

「正解と言えば正解だが、部分点だな。『何もかも』ってのが曖昧すぎる。もうちょっと具体的に、言葉にしてみてくれ」

「なかなか難しい注文ですね」

「だろうな。――自分の心を正確に理解して、誰かに伝わるように言い表す。それは簡単にできることじゃない。ほとんどの人間は考えたことや感じたことに流行《はや》りの言葉を当てはめて、分かったつもりになっているだけだ」

ご先祖さまはいつになく真面目な口調で私に告げます。

「まあ、普通に生きていくだけならそれで十分なんだけどな。けれど、フローラが目を覚ますには一歩先に進まないといけない」

「えっ」

なんだか急に話題が変わりましたね。

「このクイズ、私が目を覚ますかどうかに関係しているんですか」

「ああ。最初の一歩ってところだな。だからこそ、おまえさんが自分の頭できちんと考えなきゃな」

ご先祖さまはそう言って、ポン、と私の頭を撫でました。

「安心しろ、フローラならできるさ。なにせオレの子孫だ」

「ええ、任せてください」

私は胸を張って答えます。

こうやって会話している間にも、ちゃんと頭脳はフル回転させてますからね。

私は「一度の魔法で何もかも解決、みたいなことができればいい」と願いました。

それを言葉通りに受け取るなら「この世に存在するありとあらゆる悩みと苦しみを消し去りたい」みたいな解釈も可能なわけです。

でも、実際は違いますよね。

当時の私はファールハウトのもたらした災厄を片付けることに必死だったわけで、その背景を踏まえて正確に言葉を選ぶなら——

「世界樹の目的はファールハウトの干渉からこの世界を守ること、でしょうか」

「大正解だ」

ご先祖さまはニコリと笑って頷きます。

「要するに、世界樹は真面目ないい子なんだよ。生みの親であるおまえさんの願いを叶《かな》えるために、自分なりに考えてやれることを全部やってるのさ。『隠れ家』と人界のあいだに抜け道を作ったり、テラリスやおまえさんに神力を供給したりな」

「ものすごい働き者ですね……」

「オレやおまえさんにそっくりだな。頑張りすぎてやらかすところも同じだ」

「その言い方だと、ご先祖さまも色々とやらかしていたことになりませんか」

「ああ。やらかしまくったぜ」

ご先祖さまはいたずら好きの少年のような表情を浮かべて頷きます。

「ナイスナー辺境伯領だって、オレが魔法やら錬金術やらの実験をやりまくってたら、なぜか豊かになっちまっただけの土地だからな。とはいえ、そういう裏話は後世まで伝わってないだろうな」

「ええ、初耳です。手記にも書いてませんでしたよね」

「当然だろ。子孫からは尊敬されたいからな」

ご先祖さまは悪びれる様子もなく、堂々とそう言い放ちました。

なかなかいい性格してますね……。

リベルが入れ込むのも理解できます。

「ともあれ、世界樹の目的が分かったんならそれでいい。後は待つだけだ」

「何を待つんですか？」

「神様だよ」

ご先祖さまはそう言って、ニヤリと笑いました。

＊　＊

レッドブレイズ号はおよそ一時間でノーザリア大陸東部の街、アンティールの上空に辿《たど》り着《つ》いた。

そのまま高度を落とし、世界樹の近くに着陸する。

「以前よりも成長しておるな」

レッドブレイズ号の甲板から世界樹を見上げて、リベルが呟く。

彼がここを訪れたのは半年前のことだが、その時よりも一回りほど大きくなったように感じられた。

枝はより太く、長くなり、鮮やかな緑色の葉を盛んに茂らせていた。

幹もさらに高く伸びているのではないだろうか。

「世界樹、やっぱり大きいですね……」

リベルの隣で、ノアが驚嘆の声を上げた。

「どこまで大きくなるんでしょうか」

「さてな。世界樹に訊くことができれば、分かるかもしれんが……」

「リベルちゃん、ノアちゃん。そろそろ行くよー」

二人の背後から呼びかけたのは、女神のテラリスである。

「特別ゲストはもう到着しているみたいだし、わたしたちも急ごっか」

「よかろう。……いや、待て。特別ゲストだと」

リベルは眉をピクリと動かしながらテラリスに訊ねる。

「いったい誰を呼んだのだ。我は何も聞いておらんぞ」

「まあまあ、それは会ってのお楽しみということで」

くふふ、とテラリスはいたずらっぽい表情を浮かべて微笑んだ。

今回、世界樹に向かうのはリベル、ノア、テラリス、そして聖杖ローゼクリスを抱えたミケーネである。

彼らはレッドブレイズ号を降りると、まっすぐに世界樹の根元に向かう。

そこで待っていたのは、テラリス教の法衣《ほうえ》を纏《まと》った白髪の男性だった。

年齢としては六十歳から七十歳といったところだろうか。

「ご無沙汰しております、リベル様」

口調は丁寧ながらも声にはハリがあり、広い肩幅は逞《たくま》しさと若々しさを漂わせている。

「誰だ」

リベルは短くそう返したあと、ニヤリと笑みを浮かべた。

「冗談だ。久しぶりだな、ユーグ」

かつてフォジーク王国が健在だったころ、王都にあるリベリオ大聖堂を任せられていた人物こそがユーグだった。

フルネームはユーグ・レグルス、テラリス教において大司教の地位を賜っている。

ナイスナー家とも親しい関係だったが、その正体は樹木の高位精霊であり、本当の名前はユグドラスという。

フォジーク王国が崩壊した後、ユグドラスはその混乱を最小限に抑えるために大陸の各地を巡り、動揺する人々に手を差し伸べていた。

その役割ゆえに他の精霊たちとはずっと別行動になっており、精霊王であるリベルの前に姿を現したのも実に二年ぶりのことである。

「ユーグ、いや、ユグドラス。汝《なんじ》がここに来ているのはテラリスに呼ばれてのことか」

「ええ、仰《おつしや》る通りでございます」

リベルの言葉に頷《うなず》き、ユグドラスが答える。

「世界樹もまた樹木のひとつ、ならば樹木の高位精霊の出番……とテラリス様に申し付けられまして、久しぶりに馳《は》せ参《さん》じた次第でございます」

「なるほど。この者が『特別ゲスト』ということか」

「だよだよー。ユグドラスちゃん、来てくれてありがとねー」

テラリスは普段通りの気安い調子で声を掛ける。

「ノアちゃんは初対面だよね。ほらほら、ご挨拶してー」

「は、はいっ！」

ノアはやや緊張した様子で一歩前に出る。

「はじめまして、ノアです！　おかあさんの子供で、リベルにいさんの弟です！」

そう言ってペコリと頭を下げた。

「これはこれはご丁寧に。ワシはユグドラス、樹木の高位精霊をやっております。ノア様は礼儀正しい方ですな。どうかよき竜になってくだされ」

「ありがとうございます！」

「ノア、よく挨拶できたな。褒めて遣わそう」

リベルは兄馬鹿丸出しといった様子の笑顔を浮かべると、ノアの頭を撫でた。

それからすぐに表情を引き締め、テラリスに話しかける。

「さて、これから何をするのか聞かせてもらおうか」

「簡単に言えば、世界樹ちゃんとの話し合いかなー。ユグドラスちゃん、説明よろしくー」

「承りました」

テラリスから急に話を振られたにも拘《かか》わらず、ユグドラスは驚いた様子もなく頷いた。

むしろ予想通りといった雰囲気で口を開く。

「リベル様もご存じの通り、ワシは樹木の高位精霊です。ゆえに、世界樹がどのような存在なのかも多少は把握しております。まずは、そこから述べるとしましょう」

ユグドラスの話によれば――

世界樹はフローラの願いを叶える存在であり、具体的には「ファールハウトの干渉からこの世界を守ること」を目的としている。

最初のころは瘴《しょう》気《き》の浄化や霊脈の修復を行っていたが、それが一段落ついたところで、今度はファールハウトに対抗するための準備を始めた。

それが、テラリスやフローラに神力の供給をすることだった。

ただ、フローラの場合は高位神族の血が過剰に活性化してしまい、結果として昏睡《こんすい》状態に陥ってしまっている。

「世界樹には意思があります」

説明の最後に、ユグドラスははっきりと言い切った。

「ただ、世界樹はまだ幼く、人族にたとえるなら赤子や幼子のようなものです。理性はさほど働いておらず、本能のままに動いております」

「本能というのは、フローラの願いを叶えることか」

リベルの問い掛けに、ユグドラスは深く頷いた。

「仰る通りでございます。世界樹は未熟ながらも自分に与えられた役割を果たそうとしているだけなのです。ただ、自分の行いがフローラ様を脅かしていることに気付いておりません」

「というわけで、それを気付かせてあげる誰かが必要なんだよね」

ユグドラスの言葉を補足するように、テラリスが告げた。

「要するに、小さい子供のしつけをするようなものかな。世界樹がフローラちゃんへの神力の供給をストップすれば、血の活性化も収まって、彼女もじきに目覚めるはずだよ」

「なるほど。では、誰が世界樹へのしつけを行うのだ」

「わたしとしては、リベルちゃんにお願いしたいかなー。どう?」

「我はフローラを目覚めさせるためにここに来たのだ。断るわけがなかろう」

「よし、決まりだね。きっとそう答えてくれると思ってたよ」

リベルの返事を聞いて、フッとテラリスは微笑んだ。

「それじゃあ世界樹の中にリベルちゃんの意識を送り込むね。さて、久しぶりに本気を出そっかな」

「魔法陣を描くよー。えいさー、ほいさー」

「おねえちゃん。あと少しで目が覚めるから待っててね」

「うんうん、いい感じに描けてるねー。あとちょっとだからファイトー」

テラリスの指示のもと、ミケーネが聖杖ローゼクリスの杖先……水晶玉とは反対側の先端で地面に図形を描いていく。

それはネコの顔を象《かたど》ったような紋章だった。

「なぜミケーネに魔法陣を描かせるのだ」

「フローラ様と最初に契約した、縁《えにし》の深い精霊だからですな」

リベルが疑問を口にすると、隣でユグドラスが丁寧な口調で答えた。

「先程も述べましたように、世界樹は幼い子供のようなものです。本来ならば生みの親……フローラ様のことしか受け入れないでしょう。他のものが近付こうとしたところで、拒絶されるだけでしょう」

「なんだと。では、話し合いなど成立せんではないか」

「だからこそ、フローラ様の最初の契約精霊であるミケーネ様の力を借りるのです。あの魔法陣には、内側に入った者の気配をフローラ様そっくりに偽装する術式が込められております」

「要するに、世界樹を騙《だま》すというわけか」

「言い方は悪いですが、その通りでございます」

やがてミケーネが魔法陣を描き終えると、リベルはその中心に立つことになった。

周囲には彼を取り囲むように、テラリス、ユグドラス、そしてローゼクリスを抱えたミケーネの姿がある。

「世界樹の中にリベルちゃんの意識を送り込むのは、ユグドラスちゃんの仕事だね。わたしはサポートに回るよ。いけそう？」

「もちろんですとも。ワシにとってフローラ様は孫のようなものですからな」

テラリスの言葉に、ユグドラスは気合十分といった様子で答える。

「孫の危機を救うためと思えば、無限に力が湧いてきますわい」

「ふふ、頼もしいねー。ミケーネちゃん、ローゼクリスちゃん。気配の偽装はよろしくー」

「うん、任せて！　今日のぼくは、すーぱーミケーネ！　すっごく頑張るよ！」

「じゃあ、ボクはすーぱーローゼクリスかな。……ううん、今のは忘れて」

ぷるぷる、と聖杖が小さく揺れる。

先端の水晶玉にはほのかに朱色が差していた。

どうやらローゼクリスは照れているらしい。

その様子を見て、リベルはフッと小さく笑う。

それから、少し離れたところでポツンと寂しげに立っているノアに声を掛けた。

「ノア、行ってくるぞ」

「はい！　えっと、僕は見ているだけになっちゃって……ごめんなさい」

「気にすることはない。誰しも向き、不向きというものがあるからな」

諭すような口調でリベルが告げる。

「とはいえ、役割がないのも寂しい話であろう。テラリス、何か思いつかぬか」

「うーん、ちょっと待ってねー」

テラリスは少し考えてからこう答えた。

「これから世界樹の中にリベルちゃんの意識を送り込むわけなんだけど、そのあいだ、リベルちゃんの身体はからっぽになっちゃうんだよね」

「まさに魂が抜けた状態というわけだな」

「そうそう、それそれ」

リベルの言葉に頷きつつ、テラリスはさらに言葉を続ける。

「というわけで、ノアちゃんにはリベルちゃんの身体のお世話係をお願いしようかな。意識が切り離されたら、きっと身体の力も抜けてぐでーっとなっちゃうだろうし、ちゃんと受け止めてあげてね」

「わ、分かりました！」

ノアは大きな声で返事をした。

役割を与えられたこともあってか、その表情は先程よりもずっと生き生きしたものに変わっていた。

「では、我からもひとつ、仕事を言い渡すとしよう」

ふと思いついたようにリベルが口を開く。

「ノア、汝はこの場で行われたことを記憶し、後でフローラに伝えてやれ。あやつはきっと、自分が眠っているあいだの出来事を知りたがるだろうからな」

「はいっ！　ちゃんと全部覚えて、きっちり伝えます！」

ノアは役割が増えたことを嫌がるわけでもなく、むしろ嬉しがるように元気な声で答えた。

「リベルにいさんがフローラおねえさんをすごく心配していたことも、ユグドラスさんが来てくれたことも！」

「我のことは言わずともよいがな」

やや照れたように呟くと、リベルは視線をテラリスに向ける。

「さて、それでは始めてもらおうか」

「おっけー。最後に神様からアドバイス。世界樹はまだまだ子供だから、理詰めで説明しても通じないかも。大事なのは気持ちだよ、気持ち」

「どういうことだ？」

「まずは、リベルちゃんがどれだけフローラちゃんを大切に思っているかを世界樹に伝えてあげて。そうしたら、うまくいくはずだよ」

「分かった、覚えておこう」

「照れちゃダメだからね。まあ、フローラちゃんが目の前にいるわけじゃないし、そこは心配しなくていいかな」

テラリスはそう言うと、スッと表情を引き締めた。

「それじゃ、リベルちゃんは目を閉じて意識を集中させておいて。雑念がない方がいいからね。ミケーネちゃん、ローゼクリスちゃん、お願い」

「はーい！　詠唱するよー」

テラリスの言葉に答えて、ミケーネがローゼクリスを掲げる。

「フローラさまかなー。フローラさまじゃないのかなー。きっとフローラさまだよ！　たぶん、きっと、ぜったい！」

呪文を唱え終えると同時に、足元の魔法陣が淡く輝いた。

銀色の燐光《りんこう》がリベルを包む。

「いいねー。魔法は成功だよー。リベルちゃん、どんな感じ？」

「……確かに、フローラの気配がするな」

瞼《まぶた》を閉じたまま、リベルが答える。

「まるで、あやつを抱えている時のようだ」

「そこは『抱きしめている時のようだ』なんて言ったほうがロマンチックじゃないかなー」

クスッと笑いつつ、テラリスが言う。

「ではでは、次はユグドラスちゃんの番だね」

「承知いたしました。遥《はる》か遠き地より来る光よ、精霊王の魂を世界樹の中へと導き給《たま》え。誘う光、繋《つな》ぐ光、道標《しるべ》の光。──《アストラル・プロジェクション》」

ユグドラスが詠唱を終えると同時に、リベルは軽い眩暈《めまい》を覚えた。

魂が身体を離れて浮かび上がるような感覚──。

一瞬だけ意識が途切れ、パッ、と視界が開ける。

そこはリベル以外の何も存在しない、純白の空間だった。

自分が地面に立っているのか、それとも浮かんでいるのかさえはっきりしない。

「……ユグドラスの魔法はうまくいったようだな」

周囲を見回しつつ、リベルは小声で呟く。

どうやら無事に世界樹の中に入り込むことができたらしい。

ここにいるリベルは意識だけの存在で、身体は世界樹の外に置いたままである。

今頃、脱力したリベルの身体をノアが必死に受け止め、支えているころだろう。

「我はそれなりに重いぞ。ノアが潰されていなければよいがな」

とはいえ周囲にはテラリスやユグドラス、ミケーネも揃《そろ》っている。

いざとなれば助けに入るだろうし、想定外の事故が起こることもないはずだ。

「我も自分の仕事に取り掛かるとしよう」

リベルは周囲を見回す。

話し合いのために世界樹の中にやってきたわけだが、相手の姿はどこにも見えない。

ただ、世界樹の意思と呼ぶべきものの気配は微《かす》かに感じられる。

「警戒されておるようだな」

まあ、無理もない話か。

リベルは内心で納得していた。

世界樹にしてみれば、フローラ《親》と思って受け入れた相手がまったくの他人だったのだ。

驚き、怯《おび》え、姿を隠すのも当然だろう。

「さて、どうしたものか。……それにしても、我ながら独り言が多いな」

リベルは呟《つぶや》きつつ、自分自身に対して苦笑した。

原因は最初から分かっている。

現在、リベルは意識だけの状態となっている。

身体というワンクッションを持たないため、思考が漏れやすい状態となっているのだ。

「これではフローラのことを笑えんな」

フローラは思考に没頭すると、その内容が口から出てくるタイプだった。

ハッと気づいたあとの照れ顔がとても愛らしい……とリベルは常日頃から感じている。

「苦しげな寝顔など汝《なんじ》には似合わん。絶対に目覚めさせてみせよう」

とはいえ、相手が姿を現さないことには話も始められない。

リベルは焦る気持ちを抑えつつ、先程、テラリスから与えられたアドバイスを思い出す。

――世界樹はまだまだ子供だから、理詰めで説明しても通じないかも。大事なのは気持ちだよ、気持ち。

――まずは、リベルちゃんがどれだけフローラちゃんを大切に思っているかを世界樹に伝えてあげて。そうしたら、うまくいくはずだよ。

「やってみるか」

リベルは数秒の沈黙の後、どこかに隠れているであろう世界樹の意思に向かって語り掛ける。

「突然の訪問で驚かせてしまったようだな。我は精霊の王にして最強の竜、リベルである。現在はフローラの守護者も務めておる」

――そろり、そろり。

リベルは、何者かの気配がそっと近づいてくるのを感じ取った。

おそらく世界樹の意思だろう。

フローラの名前に反応したのかもしれない。

ならば……と思考を巡らせつつ、リベルはさらに告げる。

「今日、我がここに来たのはフローラの危機を伝えるためである。汝が神力を供給した結果、高位神族の血が暴れ、フローラは意識を失っておる。このままでは生命に支障が出るかもしれん。ゆえに……」

ふと。

リベルは途中で口を噤《つぐ》んだ。

自分の言葉が、世界樹に対してうまく伝わっていないのではないか。

そう感じたためである。

実際、世界樹の意思はいまだに姿を現していない。

それどころか、こちらを警戒するような気配を漂わせていた。

「……理詰めでは失敗すると、テラリスも言っておったな」

だというのに、己は何をやっているのか。

リベルは肩を竦《すく》めつつ苦笑すると、改めて口を開く。

「世界樹よ、汝にとってフローラは大切な存在であろう。我にとっても同じだ。あの者がいなければ、我は地下で眠り続け、やがて死しておったからな」

三〇〇〇年前、リベルは弟神ガイアスとの戦いで深い傷を負い、精霊の洞窟で深い眠りにつくことになった。

そんな彼の傷を癒《いや》したのがフローラだった。

初めて出会った時のことは、いまだにはっきりと覚えている。

「フローラは面白い人族であった。我に食われるつもりで来たというのに、恐れの気持ちなど一つも抱いていなかったのだからな。それだけではないぞ。何か新たなことを始めるたびにやらかし、予想外の結果に驚いて目を回す。あの姿は実に可愛《かわい》らしい」

代表的なものといえば、フォジーク王国の国王を投げ飛ばし、独立を宣言したことだ。

世界樹を生み出したこともお得意のやらかしに数えてもいいだろう。

「フローラのそばにいると退屈せん。あやつを眺めていると、我の心は愉快で温かくなる。末永く、いや、永遠に隣に置き、愛《め》でていたい存在なのだ。失うことなど耐えられん」

物事というのは、言葉にして初めて理解できることも多い。

現在のリベルは、まさにそういった状態だった。

自分がフローラに対してどのような思いを抱いているのか。

言葉にすればするほど、今まで曖昧だった感情が少しずつ明確な輪郭を帯びてくる。

いつしか、リベルの意識からは世界樹との対話という目的はすっかり抜け落ちていた。

自分自身の感情と向き合いながら、言葉を重ねていく。

「かつて、我の近くにはハルトという男がおった。あやつも面白い人族だった。友として掛け替えのない存在と感じていた。これこそが友情というものなのだろう。……だが、我がフローラに対して抱いている感情は違う。別のものだ。ずっと遠回りをしてきたが、ようやく理解できた。我はきっと――」


「あっ！」


リベルの言葉を遮るように、どこからか子供の声が響いた。

「ふろーらしゃまだ！」

呂律《ろれつ》がはっきりしないのは、幼さゆえだろうか。

フローラという名前を聞いて、リベルはハッと我に返る。

そして周囲を見回し……背後を向いたところで、ピタリ、と動きを止めた。

なぜなら、そこには予想外の人物が立っていたからである。

「……フローラ、なぜ汝がここにいる」

「まあ、色々とありまして」

フローラは宮殿の私室で眠っているはずだ。

それなのにどうして世界樹の中に来ているのか。

リベルは混乱しつつ、今、一番気になっていることを問いかけた。

「汝はいつからそこにいたのだ。まさか、我の話をずっと後ろで聞いていたのか……？」

もしそうだとすれば——

我は羞恥心のあまり息絶えてしまうかもしれん。

＊　＊

どうして私が世界樹の中にいるのか。

それはご先祖さまのおかげです。

時は、先程の会話に遡ります。

——何を待つんですか？

——神様だよ。

ご先祖さまはそう答えたあと、さらに言葉を続けました。

「フローラが目覚めるためには、世界樹に頼んで神力の供給を止めてもらうのが一番だ。ただ、世界樹はおまえさんが生み出しただけあって、存在の『格』がやたら高い。神族に匹敵するレベルだ。おかげでオレの力じゃ干渉ができない。だからテスたちの魔法に相乗りさせてもらうのさ」

「テラリス様たちがこれから何かするんですか」

私の問いに対して、ご先祖さまは頷《うなず》きながら説明してくれます。

どうやらテラリス様は樹木の高位精霊であるユーグ大司教、いえ、ユグドラスさんの力を借りて、リベルの意識を世界樹の中に送り込もうとしているようです。

交渉で神力の供給を止めてもらう、という意味ではご先祖さまと同じ方針みたいですね。

「ただ、リベルだけじゃ不安なんだよな。あいつ、子供相手にも理詰めで話すタイプだし」

ご先祖さまによると、世界樹はまだ生まれて半年だけあって、内面もかなり幼いようです。

確かに、リベルに話し合いを任せるのはちょっと不安ですね。

「私も行った方がいいような……」

「だよな」

予想通り、といった様子でご先祖さまが笑みを浮かべます。

「というわけで、テスたちがリベルを世界樹の中に送り込むのに便乗して、フローラの意識も押し込んじまえ……ってのが今回の作戦だ。まあ、術式の構築はこっちでやるから、おまえさんは心の準備でも整えておいてくれ。今回は『隠れ家』の外に出ても記憶が残るようにしておくぞ」

……というような経緯があり、私はご先祖さまによって世界樹の中へと送り出されたわけです。

リベルにしてみれば、予想外の展開でしょう。

私の身体は宮殿の私室で眠っているみたいですからね。

意識だけが別行動をして世界樹に来ているなんて、考えてもいなかったはずです。

実際、リベルは驚きの表情を浮かべながらこんなふうに問いかけてきました。

「汝はいつからそこにいたのだ。まさか、我の話をずっと後ろで聞いていたのか……？」

さて、どう答えたものでしょうか。

少し考えてから、私は口を開きます。

「今、来たばかりですよ。リベルは何か喋《しゃべ》っていたんですか」

「そうか、聞いていなかったのか。……ならばよい」

リベルはホッと安堵《あんど》のため息をつきました。

えっと。

実は嘘《うそ》です。

最初からずっと聞いていました。

おかげで心臓はものすごくドキドキしています。

ここにいる私は意識だけの存在なので厳密には心臓なんて持っていないはずなのですが、それでも胸がきゅうと締め付けられるような、甘酸っぱい感覚が生まれていました。

この気持ちは、いったい何でしょう。

意識すればするほど、なんだか照れくさくなって、リベルの顔をマトモに見られなくなってしまいます。

私は思わず視線を左に逸《そ》らしました。

その時です。

「ふろーらしゃま！」

幼い子供の声が響きました。

この声、さっきも聞きましたね……などと考えていると、私の目の前でパッと光が弾けました。

えっ⁉

いったい何が起こったのでしょう。

突然のことに驚いていると、光の中から小さな男の子が現れました。

年齢としては三歳くらいでしょうか。

髪は銀色、瞳は紫色――どちらも私とおそろいです。

顔は幼いだけあってまんまるで、頰《ほお》は見るからにぷにっと膨れています。

衣服は、上はフードの付いた薄手の上着で緑色、下は裾の広いズボンで茶色となっています。

印象としては、樹木っぽいファッションですね。

緑色の上着は葉っぱ、茶色で裾の広いズボンは幹と根といったところでしょうか。

「ふろーらしゃま！　あえてうれしい！」

男の子はそんな言葉を口にすると、トテテテテ……とこちらに駆け寄り、足元に抱き着いてきます。

おおっと。

見かけによらず、なかなか力がありますね。

身構えていなかったら、バランスを崩して転んでいたかもしれません。

「わーい！　ふろーらしゃまだ！　おかーしゃまだ！」

んん？

この子、私のことをおかーしゃま……お母様って呼びませんでしたか。

「なるほどな」

頷きながら呟《つぶや》いたのはリベルです。

先程の動揺したような表情はどこかに消え失《う》せ、普段通りの涼しげな顔つきに戻っています。

「気配から察するに、この者が世界樹の意思なのだろう。汝が世界樹を生み出したのだから、母と呼ばれるのは当然のことだな」

まあ、そうですよね。

私としてもリベルの見解に異論はありません。

「わーいわーい！　えへへー、おかーしゃまー」

一方、世界樹の意思くん（？）はやたらと私に懐いており、ぐりぐりと頭を擦り付けてきます。

なんだか仔犬《こいぬ》みたいで可愛らしいです。

ぽんぽん、と頭を撫《な》でてあげるとキャッキャと無垢《むく》な笑い声を上げました。

私もリベルも世界樹の意思と話し合いに来たわけですが、まずは相手の名前を知っておきたいところです。

というわけで訊《たず》ねてみると、こんな答えが返ってきました。

「ぼくのなまえ？　まだないから、つけてほしいな」

むむ。

これは責任重大ですね。

「世界樹にちなんだ名前にしましょうか。……セカセカとか？」

「せっかちな性格に育ちそうだな」

横からポソリとリベルが呟《つぶや》きました。

「もうすこし考えた方がよいのではないか」

「じゃあ、カイジューはどうでしょう」

「カイジュー……海獣か。クラーケンを連想してしまうぞ。世界樹のイメージとは結び付かん」

うーん。

なかなか難しいですね。

「リベルはどうですか。ダメ出しだけじゃなくて、アイデアをもらえると助かるんですけど」

「その言葉を待っておったぞ」

リベルはニヤリと笑みを浮かべます。

「カイというのはどうだ」

おっ。

いいですね。

男の子っぽいですし、世界樹とも繋《つな》がりがあります。

「では、カイくんということで」

「わーい！」

世界樹の意思……カイくんはぱぁっと花が開くような笑顔を浮かべ、楽しげにぴょこぴょことその場で飛び跳ねます。

「おなまえ、うれしい！」

「喜んでますよ。よかったですね、リベル」

「うむ。我も考えた甲斐《かい》があるというものだ」

リベルは満足そうに頷きます。

「あっ！」

一方、カイくんは何かを思いついたらしく、大声を上げると急に動きを止めてしまいました。

いったいどうしたのでしょう。

私が首をかしげていると、カイくんは急にこちらを指差して言いました。

「ふろーらしゃま、ぼくをうみだしてくれたひと！　おかーしゃま！」

これはさっきも言ってたことですね。

フローラリア・ディ・ナイスナー、未婚ですけどお母さんになりました。

……などと内心で冗談を述べていると、カイくんは次にリベルを指差します。

「おじさん、ぼくになまえくれた！」

「我はおじさんではない、精霊王だ」

ちょっと不服そうにリベルが呟きます。

気持ちは分かりますよ。

リベルの外見って、おじさん、って雰囲気じゃないですもんね。

けれど、カイくんは気にした様子もなくこう続けます。

「なまえくれた！　だから、おとーしゃま！」

んん？

おかーしゃまがお母様だから、おとーしゃまはお父様ってことですよね。

「我が父親だと」

「うん！　……ちがう？」

カイくんは首を傾《かし》げると、きょとんとした様子でリベルを見上げています。

そのまなざしは純真そのもので、私としては否定の言葉を投げかけるのが憚《はばか》られます。

「むむむ……」

リベルも同じことを感じているらしく、困ったように眉を寄せています。

「おとーしゃま、さっき、おかーしゃまのことすごくだいじっていってた！　えっと、えいえんにとなりにおき――」

「ええい、言わずともよい！　そうだとも、我が汝《なんじ》の父親だ！」

慌てたようにリベルが遮ります。

自分の発言を繰り返されることに耐えられなかったのでしょう。

「わーい！　おとーしゃま！　おとーしゃま！」

カイくんは満面の笑みを浮かべると、リベルの足元に抱き着いてじゃれはじめます。

「……まったく、困ったものだ」

リベルは照れ隠しのように呟くと、私の方に視線を向けてきます。

「フローラ。我が世界樹の父親ということになったが、汝に異論はないか」

「大丈夫ですよ、あなた」

私はジョークのつもりで、奥様っぽい口調で答えてみました。

……答えてみたはいいのですが、後から羞恥心がドッと押し寄せてきます。

どうして私はこんなことを言ってしまったのでしょうか。

頭を抱えたくなるような後悔に襲われつつ、チラリと横目でリベルの方を見れば――

「今のは冗談だな。うむ。分かっておるとも」

あからさまに動揺した様子で、私に声を掛けてきました。

「はい。もちろんじゃないですかー」

平静を装いつつ返事をしてみたものの、我ながらひどい棒読みです。

とにかく空気を変えましょう。

このままだと照れと恥じらいで死んでしまうかもしれません。

「コホン！　コホン！」

私は大きく咳払《せきばら》いをすると、リベルに向かって告げます。

「そ、そろそろ本題に入りませんか。私の身体、宮殿で寝たままですし」

「……確かにそうだな」

リベルは頷くと、スッと表情を引き締めます。

その横顔がいつになく凛々《りり》しく見えるのは、気のせいでしょうか。

「カイ、聞くがいい。フローラが大変なことになっておるのだ」

＊＊

結論だけ言えば、カイくんとの話し合いはうまくいきました。

私の身体への神力の供給はストップされたので、いずれ高位神族の血も鎮まることでしょう。

ただ――

「うわああああああああん！　おかーしゃま、ごめんなさいいいいいいい！　びええええええええ！」

カイくんが大泣きしてしまいました。

気持ちはよく分かりますよ。

なにせ、カイくんとしては良かれと思って私に神力を渡してくれていたわけですからね。

それが裏目に出ていたなんて幼い子供には想像できないでしょうし、受け止めきれなくて泣いてしまうのも仕方のないことでしょう。

「うえええええっ。ごめんなさい、ごめんなさい。……ぴいいいいいいいいっ！」

ものすごい泣きっぷりですね。

私も小さいころはこんな感じだったのでしょうか。

そんなことを考えつつ、私はカイくんの頭を撫でて慰めます。

「大丈夫ですよ。私は怒ってませんから。リベルもそうですよね」

「む？　ええと、ああ、そうだな。そうだとも」

なんだかはっきりしない返事ですね。

リベルの方に視線を向けると、彼は眉を寄せ、困ったような表情を浮かべていました。

「……子供の大泣きは苦手だ。どう対応すべきか分からん」

「気持ちが落ち着くのを待ってあげたらいいんですよ。大切なのは、じっくり、のんびり、ふんわりです」

これはご先祖さまの手記……ではなく、今は亡きお母様の言葉ですね。

昔話になりますが、小さいころのライアス兄様はものすごい泣き虫だったそうです。

ちょっとしたことでわんわん泣くライアス兄様に対して、お父様はどう接していいか分からず困っていたのだとか。

そんなお父様に、お母様がアドバイスしたのが「じっくり、のんびり、ふんわり」の三原則です。

元々は、お母様の実家に伝わっている子育ての家訓みたいですね。

しばらくするとカイくんも気分が落ち着いてきたらしく、両手でごしごしと涙を拭きながらこちらを見上げてきます。

「おかーしゃま。おこってない？」

「もちろんです。カイくんが泣き止《な》《や》んでくれて、ニコニコしてます」

私はにっこりと微笑《ほほえ》みつつ、さらにもう一度、カイくんの頭を撫《な》でます。

「それじゃあ、私たちは行きますね。あんまり遅くなると、皆、心配しちゃいますから」

「おかーしゃま、またきてくれる？」

「もちろんです。元気になったら、すぐに遊びに来ますね。約束です」

「うん、やくそく！」

カイくんはにぱっと嬉《うれ》しそうに笑顔を浮かべます。

それから、リベルの方を向いて言いました。

「おとーしゃまも、きてくれる？」

「我もか？　……もちろんだとも」

リベルの受け答えはやけにぎこちないものでした。

普段の、誰に対しても偉そう……というか、堂々としている彼はどこにいったのでしょう。

もしかして――

「リベルって子供が苦手なんですか？」

「……かもしれん」

リベルは小さくため息をつきながら答えます。

「迂闊《うかつ》なことを言えば、また泣かせてしまうかもしれん。それを考えると、どうしても接するのが難しくなる」

「優しいんですね」

「そうか?」

「はい」

私はリベルの言葉に強く頷《うなず》きます。

「要するに、カイくんを怖がらせないように気を使ってるんですよね。それって、優しさだと思いますよ」

私がそう告げて小さく笑いかけると、リベルはぷいっと視線をそらしてしまいました。

きっと、優しいと言われて照れたんでしょうね。


その後——

話も一段落ついたので、私たちは世界樹の内部から去ることになりました。

あれ?

どうやって戻ればいいのでしょうか。

リベルに訊ねてみると、こんな答えが返ってきました。

「分からん。そもそも、汝はどうやってここに来たのだ」

そういえば、ご先祖さまに送り届けてもらったことをまだ説明していませんでしたね。

でも『隠れ家』のことを言ってしまっていいのでしょうか。

私が考え込んでいると、隣にいたカイくんが声を掛けてきます。

「おかーしゃま、おとーしゃま。おそとにおくったらいいの?」

「ええ。カイくん、できますか？」

「うんっ！」

カイくんは元気よく返事をすると、右手を高く掲げました。

「ぐーんとやって、ぽーんとしたら、かえれるよ！」

なるほど。

よく分からないというのが正直なところですが、カイくんなりに方法は理解できているのでしょう。

ここは信じて任せてみましょう。

「それじゃあカイくん、やってもらっていいですか」

「わかった！　おとーしゃま、おかーしゃま、またね！　……えいっ！」

カイくんはさらに右手を高く掲げると、一気に振り下ろしました。

これが「ぐーんとやって、ぽーん」でしょうか。

直後――

私もリベルも、ポーンとその場から弾《はじ》き飛《と》ばされていました。

いきなりのことに驚く間もなく、意識が遠ざかっていきます。

「恐れることはない」

遠くから、リベルの声が聞こえます。

「我々の意識が、身体に戻るだけのことだ」

実際、その通りでした。

次の瞬間、私はハッと目を覚ましていました。

場所は……宮殿の私室、ベッドの上ですね。

どうやら私の意識はちゃんと身体に戻れたようです。

部屋には他にも人がいるらしく、声が聞こえてきます。

「タヌキ様、せっかくだからこのドレスにも着替えてくださいまし。……小悪魔系のデザインもよく似合いますわね」

「もうつかれたよー」

ええと。

部屋の中では、マリアが、私そっくりの女の子を着せ替え人形にして遊んでいました。

女の子の口調はなんだか間が抜けているというか、タヌキさんっぽい感じです。

いったい何が起こっているのでしょうか……？

戸惑いつつも身体を起こすと、私そっくりの女の子がこちらに気付いて声を上げました。

「フローラさま、おきたー」

「え!?」

マリアが驚いたようにパッとこちらを向きました。

紅色の眼が大きく見開かれ、じわり、と涙が潤みます。

えっと。

「おはようございます……？」

「フローラぁぁぁぁぁぁぁっ！」

マリアは大声を上げると、ダダダダダッとこちらに駆け寄り、そのままベッドに飛び込むようにして私の胸元に抱き着いてきます。

「よかったですわぁぁぁぁぁっ！　わたくし、心配してましたのよぉぉぉぉぉぉ！」

「ありがとうございます。私はもう大丈夫ですよ」

私はマリアの背中をさすりながら答えます。

「ところで、あちらの女の子はどなたですか？　私そっくりですけど……」

「ぼくだよー。へんしんをとくよー」

女の子はそう言って、右手を自分の頭の上に置きました。

次の瞬間、ポンと白い煙が弾けました。

煙の中に溶けるようにして女の子が消え、代わりに現れたのは……タヌキさんでした。

「フローラさまのかわりに、ばんさんかいにでるよていだったー」

なるほど、そういうことでしたか。

晩餐会《ばんさんかい》に私が不在だと、騒ぎになっちゃうかもしれませんものね。

まだちょっと身体も重たいので、このままタヌキさんに出てもらうのもアリかもしれませんね。

ともあれ――

これにて一件落着、といったところでしょうか。

エピローグ　目を覚ましたら、思いがけないことになりました！

私が目を覚ましたことを、皆、自分のことのように喜んでくれました。

特に、お父様とライアス兄様の二人は大急ぎで私の部屋に駆け込んでくると、安堵《あんど》のあまりヘナヘナとその場に膝を突くほどでした。

「フローラが回復してよかった。……アセリアだけでなく、愛娘《おまえ》まで失うのは耐えられん」

「今回ばかりはどうなるかと思ったぜ。ああ、ちくしょう。涙が出てきやがった。泣いてねえ。泣いてねえからな」

「ライアス兄様、言っていることが滅茶苦茶《めちゃくちゃ》ですよ」

涙が出ているということは、泣いているのではないでしょうか。

私は苦笑しつつも、胸のあたりが温かくなるのを感じました。

こんなに心配してもらえるのは、とても幸せなことですよね。

「ライアス様、涙をお拭《ふ》きなさいませ。まったく、仕方ありませんわね。目を腫らしてしまっては、晩餐会で困りますわよ」

マリアは小さく肩を竦《すく》めると、自分のハンカチでライアス兄様の目元を拭《ぬぐ》います。

んん？

この二人、なんだか距離が縮まってますね。

縁談が持ち上がった、という話は私も把握していますが、進展でもあったのでしょうか。

そんなことを考えていると、今度は部屋にネコ精霊たちが押し寄せてきます。

「フローラさまだ！　おきてる！」

「しんぱいしてたんだよ！　ごはんもたべられないくらい！」

「おいわいにもふもふだ！　くらえー！」

ひえええええっ！

いつもの流れと言われたらその通りなのですが、ネコ精霊たちが一斉に飛び掛かってくる光景はやっぱりビックリさせられます。

もふもふもふもふもふ――。

ぷにっとした身体と、ふわっとした毛並み、そしてぽかぽかの体温。

これがニホンゴで言うところの『サンシュノジンギ《三種の神器》』というものでしょうか。

リラックス効果は神話級で、あっというまに眠気が押し寄せてきます。

ふぁ……。

私が思わず欠伸《あくび》を漏らした、その時です。

「ネコ精霊たちよ、場所を開けるがいい。我の到着だ」

リベルの声が響きました。

「おうさまだ！」

「かんどうのさいかいだ！」

「おじゃまはしないよ！」

おおっ。

リベルの一声で、ネコ精霊たちはサッと私の周囲から飛びのいていきます。

部屋の出入口に視線を向ければ、そこには見慣れた彼の姿がありました。

広い肩幅にすらりとした長身、光沢のある真紅の髪、そして耳の横から後ろに向かって伸びるツノ——。

うん、いつも通りですね。

「もう世界樹から戻ってきたんですね。テラリス様やユグドラスさんも一緒ですか？」

「いや、我だけ先に戻ってきた。他の者たちはレッドブレイズ号で後ほど来るだろう」

なるほど……って、あれ？

どうしてリベルだけ別行動をしているのでしょう。

晩餐会まではまだ時間もありますし、皆と一緒にレッドブレイズ号で帰ってくればいいと思うのですが……。

「もしかして、私の顔を早く見たくてテラリス様たちを置いてきたんですか」

私は冗談のつもりで問いかけました。

リベルの反応はというと、一瞬だけ言葉を詰まらせた後、意を決したような表情を浮かべてこちらにやってきます。

そして左手を私の顎に添えると、クイ、と持ち上げながらこう言いました。

「ああ、汝《なんじ》の言う通りだとも。愛《いと》しい相手が目を覚ましたのだ。他のすべてを差し置いても駆けつけるのは当然であろう」

その口調は普段のからかうようなものとは異なり、感情の籠った熱っぽいものでした。

私は……いきなりのことに驚いてしまい、うまく言葉を返すことができませんでした。

えっと。

いつもだったらリベルが「ククッ、照れている姿も可愛《かわい》らしいな」などと言ってからかってくるか、彼自身も照れてしまって周囲のネコ精霊たちがツッコミを入れるか、そういう流れになるはずですよね。

実際、リベルの表情には微《かす》かに照れたような素振りが見え隠れしていました。

けれど、それを抑え込むように顔を引き締めて、彼は言葉を続けます。

「今宵《こよい》の晩餐会の後、汝に話がある。時間を空けておくがいい」

あとがき

こんにちは、遠野九重です。

『役立たずと言われたので、わたしの家は独立します！　～伝説の竜を目覚めさせたら、なぜか最強の国になっていました～』六巻をお買い上げくださり、本当にありがとうございます！

前巻から半年ぶりとなりましたが、皆様お元気でしょうか。

遠野はそこそこの健康を維持しつつ頑張っております。

前巻のあとがきは病室からお送りしましたが、幸い、現在は退院しています。

やっぱり家はいいですね……と言いつつ、作家ではない方のお仕事（医師）もあって、あんまり帰宅できていなかったり（汗）。

今も出先でこのあとがきを書いています。

本日は二〇二三年一月二十五日、読者の皆様にとっては過去のことになっているかと思いますが、大寒波によって日本各地に大雪が降っています。

私は仕事の関係で和歌山県に来ておりまして、かなりのピンチに陥っております。

雪がはらはらと舞い落ちるどころではなく、風がビュンビュン吹いて、毎秒ごとに固い雪粒が目潰しを仕掛けてきます。反則ですよこんなの。

当然ながら寒いです。ポケットに入れていたカイロはあっというまに冷え切り、靴の隙間に入ってきた雪が解けて水になって体温を奪っていきます。明日は風邪かもしれません。雪やコンコンならぬ咳《せき》コンコン。

これまで令和と言えば夏が厳しいイメージでしたが、ここに来て冬も厳しくなりました。この調子だと数年後には四季すべてが厳しくなりそうですね。

春は花粉、秋は……思いつきませんね。

おいしいものが多いから体重が増えて厳しい、ということにしておきましょうか。

これは完全に余談ですが、遠野はかなり厳しめにカロリーと脂質を制限することで体重を80kgから50kgに落としました。

リバウンドするのではないか……と周囲に心配されたものの、3年ほど50kg台前半を保っております。

コツは「ダイエットを止めるからリバウンドするのであって、死ぬまでダイエットを続ければリバウンドしない」ことなのですが、知人に話すたび「こいつ頭おかしいだろ」みたいな目で見られます。解せぬ。

ではでは恒例の謝辞を。

阿倍野《あべの》ちゃこ先生、いつも素敵なイラストありがとうございます！　神様フローラを神々しく、キュートに描いていただき大感謝です。

担当編集のK様、健康面でのお気遣いありがとうございます。おかげさまで無事に六巻を世に出すことができました。
あ、そうそう。
本作のコミック二巻がすでに発売中です！
重版もしまして売り上げも好調、読者の皆様にはひたすら感謝するばかりです。
未読の方はぜひお買い上げいただければ幸いです。
コミックならではのアレンジ（特にネコ精霊）がとっても可愛《かわい》らしいですよ！
それでは失礼いたします。
また七巻でお会いできますように！

遠野九重

カドカワBOOKS

役《やく》立《た》たずと言《い》われたので、わたしの家《いえ》は独立《どくりつ》します！6
～伝説《でんせつ》の竜《りゅう》を目《め》覚《ざ》めさせたら、なぜか最強《さいきょう》の国《くに》になっていました～

2023年３月10日　初版発行

著者／遠野九重《とおのこのえ》
発行者／山下直久
発行／株式会社KADOKAWA
〒102-8177
東京都千代田区富士見2-13-3
電話／0570-002-301（ナビダイヤル）

編集／カドカワBOOKS編集部
印刷所／暁印刷
製本所／本間製本

●お問い合わせ
https://www.kadokawa.co.jp/（「お問い合わせ」へお進みください）
※内容によっては、お答えできない場合があります。
※サポートは日本国内のみとさせていただきます。
※Japanese text only

Printed in Japan
ISBN 978-4-04-074891-7 C0093

新文芸宣言

かつて「知」と「美」は特権階級の所有物でした。

15世紀、グーテンベルクが発明した活版印刷技術は、特権階級から「知」と「美」を解放し、ルネサンスや宗教改革を導きました。市民革命や産業革命も、大衆に「知」と「美」が広まらなければ起こりえませんでした。人間は、本を読むことにより、自由と平等を獲得していったのです。

21世紀、インターネット技術により、第二の「知」と「美」の解放が起こりました。一部の選ばれた才能を持つ者だけが文章や絵、映像を発表できる時代は終わり、誰もがネット上で自己表現を出来る時代がやってきました。

UGC（ユーザージェネレイテッドコンテンツ）の波は、今世界を席巻しています。UGCから生まれた小説は、一般大衆からの批評を取り込みながら内容を充実させて行きます。受け手と送り手の情報の交換によって、UGCは量的な評価を獲得し、爆発的にその数を増やしているのです。

こうしたUGCから生まれた小説群を、私たちは「新文芸」と名付けました。

新文芸は、インターネットによる新しい「知」と「美」の形です。

2015年10月10日
井上伸一郎

重版続々！
シリーズ好評発売中！
奇跡に詠唱は要らない――
気弱で臆病だけど最強な
魔女の物語、書籍で新生！
B's-LOG COMIC
ほかにて
コミカライズ連載中！
コミックス
好評発売中！
作画：桟とび
サイレント・ウィッチ
沈黙の魔女の隠しごと

※国内については、2021年10月現在　紙本と電子書籍の合算部数です。
※海外については、2020年末まで、紙本のみの合算部数です。

世界累計部数
475万部
突破!!

蜘蛛《くも》ですが、なにか？

Kumo desuga, nanika?

著：馬場翁
イラスト：輝竜司

成田良悟氏（デュラララ!!）激賞！

一匹の蜘蛛のストレートな成長を描きながら、同時に複雑に入り組んだパズルのような物語。

この群像劇ならぬ【迷宮劇】を、多くの皆さんとPTを組んで深く読み潜って行きたいです。

【彼女】の巣にかかった、『世界の命運』そのものの結末を見届けるために。

長谷敏司氏（My Humanity）驚愕！

商業出版スタートではまず出ない小説だと驚愕した。「女子高生が蜘蛛に転生して、親蜘蛛に兄弟が共食いされるなか逃げるところからはじまるライトファンタジー」とか、編集者に正気を疑われるもの。そして襲い来るカエルや蜂と、必死の生存競争。でも、文句なしに面白い！　エンタメ小説がなんでもありだと思い知らせてくれた作品なので、ぜひ。


女子高生だったはずの「私」が目覚めると……なんと蜘蛛の魔物に異世界転生していた！

敵は毒ガエルや凶暴な魔猿っておい……。ま、なるようになるか！

種族底辺、メンタル最強主人公の、伝説のサバイバル開幕！

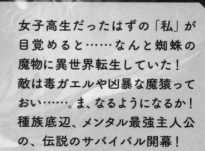

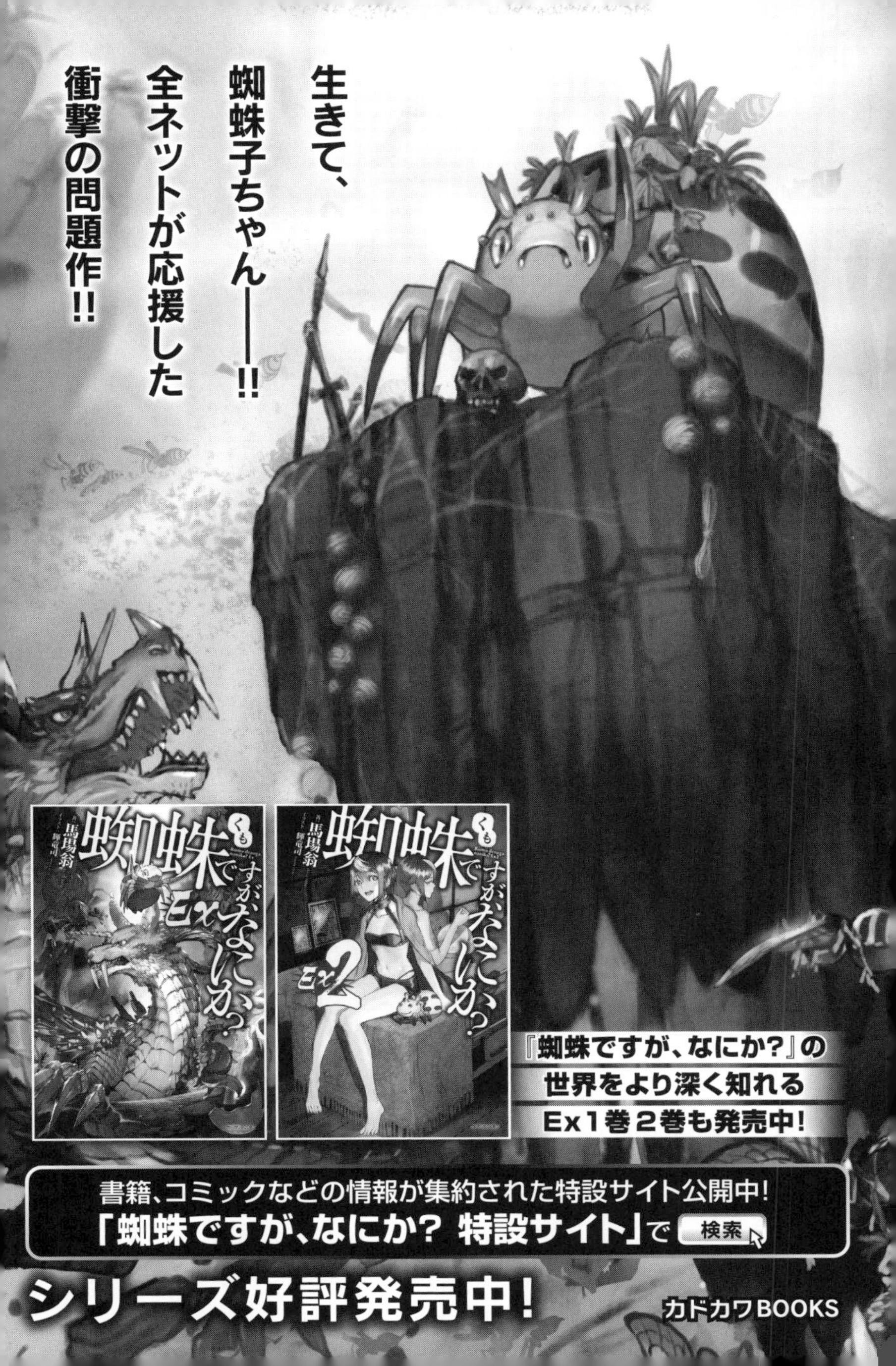
生きて、
蜘蛛子ちゃん――!!
全ネットが応援した
衝撃の問題作!!
蜘蛛《くも》ですが、なにか？ Ex
馬場翁
輝竜司
蜘蛛《くも》ですが、なにか？ Ex2
馬場翁
輝竜司
『蜘蛛ですが、なにか？』の
世界をより深く知れる
Ex1巻2巻も発売中！
書籍、コミックなどの情報が集約された特設サイト公開中！
「蜘蛛ですが、なにか？ 特設サイト」で 検索
シリーズ好評発売中！
カドカワBOOKS

摩訶不思議な
山暮らし――
ニワトリ(?)たちと
癒やしのスローライフ開幕！

前略。山暮らしを始めました。

浅葱　illust. しの

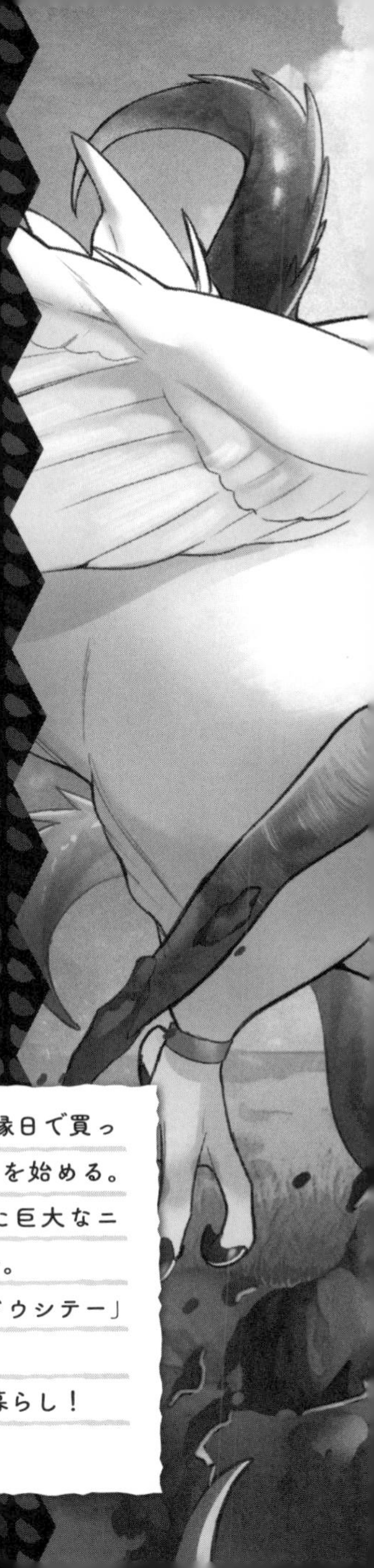

ひょんなことがきっかけで山を買った佐野は、縁日で買った３羽のヒヨコと一緒に悠々自適な田舎暮らしを始める。気づけばヒヨコは恐竜みたいな尻尾を生やした巨大なニワトリ（？）に成長し、言葉まで喋り始めて……。

「どうして——！?」「ドウシテー」「ドウシテー」「ドウシテー」

「お前らが言うなー！」

癒やし満点なニワトリたちとの摩訶不思議な山暮らし！

カドカワBOOKS

カドカワBOOKS
あなたを癒やすのは
どの香り？
型破りの医術が宮廷に
新たな風を呼び込む！
中村颯希先生、感嘆！
（『白豚妃再来伝　後宮も二度目なら』富士見Ｌ文庫）
自力で居場所を掴んでいく女の子って、どうしてこんなに眩しいんだろう。
素顔を隠し、期待する心も手放してしまっていた彼女ですが、その手に宿した能力と負けん気の強さを発揮し、居場所を勝ち取っていく姿は、清々しいの一言です。
彼女の奮闘する姿は、きっと柑橘の香りのように爽やかな風を、読者の心に吹き込んでくれるのではないでしょうか。

歩くたび増えていく
新しい出会い、新しいスキル
この世界で、のんびり旅はじめます。
講談社
マンガアプリ
「マガジンポケット」にて
コミカライズ
決定!!
漫画：小川慧

王都の外れの錬金術師
～ハズレ職業だったので、のんびりお店経営します～
yocco　イラスト＝純粋
★シリーズ好評発売中！★
魔導師の家系なのに、ハズレ職の錬金術師と判定されたデイジー。が、希少な「鑑定」持ちの彼女にとって、実は天職だった！　職人顔負けの高品質ポーションを量産する腕前は、国の技術を軽く凌駕していて……!?

カドカワBOOKS
ハズレ職だけど
家族や精霊に支えられ、
ほのぼの
モノづくり生活！
王都の外れの錬金術師
あさなや
01
コミックス
好評発売中！
漫画：あさなや